전설이
돌아왔다

초판 1쇄 인쇄일 2016년 8월 24일 | **초판 1쇄 발행일** 2016년 8월 27일

지은이 발칸레이븐 | **펴낸이** 곽중열 | **담당편집 팀장** 이범수
편집부 신연제 이윤아 홍현주 김유진 임지혜

펴낸곳 (주)조은세상 | **출판등록** 제2002-23호
주소 경기도 연천군 미산면 청정로1355
TEL 편집부 02)587-2966 | FAX 02)587-2922
e-mail bukdu@comics21c.co.kr

ⓒ발칸레이븐 2016
ISBN 979-11-5832-638-8 | ISBN 979-11-5832-549-7(set) | 값 8,000원

※잘못 만들어진 책은 바꿔 드립니다.
※저자와의 협의에 의해 인지는 생략합니다.

발칸레이븐 현대 판타지 장편소설

NEO MODERN FANTASY STORY & ADVENTURE

전설이 돌아왔다 ⑤

CONTENTS

NEO MODERN FANTASY STORY

Part 100 : 탈출 ... 7

Part 101 : 아릴레이아 ... 19

Part 102 : 카산드라 ... 31

Part 103 : 두려움 ... 43

Part 104 : 티엔 ... 55

Part 105 : 죽지 않는 자 ... 67

Part 106 : 통합 ... 79

Part 107 : 결혼식 ... 90

Part 108 : 첫날밤 ... 102

Part 109 : 3년 후 ... 114

Part 110 : 강행군 ... 126

Part 111 : 화력전 ... 138

Part 112 : 첫 승리 ... 150

CONTENTS

Part 113 : 인신공양 ... 162

Part 114 : 죽음이 비처럼 내리다 ... 174

Part 115 : 불편한 동맹 ... 186

Part 116 : 말미잘 ... 198

Part 117 : 빈집을 털다 ... 210

Part 118 : 합체하다 ... 222

Part 119 : 합공 ... 234

Part 120 : 청야전술 ... 246

Part 121 : 아르고 ... 258

Part 122 : 힘의 대결 (1) ... 270

Part 123 : 힘의 대결 (2) ... 282

Part 124 : 보급선 ... 294

Part 100 : 탈출

아자니의 동그란 두 눈이 이리저리 움직인다. 그 역시 플로모프를 사용할 수는 있다. 하지만 전사 훈련조차 받지 않은 그가 강혁준을 이겨낼 리가 만무하다.

'일단 놈의 비위를 맞춰 줘야 해.'

지금 위기를 벗어나기 위해선, 쥐 죽은 듯 가만히 있어야 한다. 하지만 아자니가 마음 속까지 굴복한 것은 아니었다.

'감히 나를 핍박하다니. 무슨 수를 써서라도 복수하고 말테다.'

술탄의 명령 한 마디면 수 만 명에 해당하는 드라고니안이 동원된다. 그렇게만 되면 괘씸한 자에게 그에 걸맞는 벌을 내려줄 수 있다.

"눈동자 굴러가는 소리가 여기까지 다 들린다. 너 지금 위기만 벗어나면 복수하려고 그러지?"

"네. 넵?"

아주 순간이지만 자신도 모르게 긍정하고 말았다. 놀란 그는 뒤늦게 고개를 흔들었지만 이미 늦었다. 혁준은 그의 머리 끄댕이를 잡아서 뒤로 제낀다.

"으그극…."

머리카락이 통째로 뽑힐 것 같은 통증이다. 하지만 강혁준은 웃으면서 말했다.

"가만히 있으니까 내가 가마니로 보이지?"

"그게 무슨?"

아자니가 가마니가 뭔지 알 리가 없다. 허나 혁준은 아랑곳하지 않고 자신의 말을 이어나갔다.

"쉽게 말해서 내가 만만해보이니까 그렇잖아. 안 그러면 그렇게 목이 뻣뻣할 리가 없지."

"아닙니다. 제가 감히 어떻게…."

"이미 다 들켰거든. 이제 와서 아닌 척해도 소용 없어."

"……."

강혁준은 잠시 생각에 잠겼다. 이대로 거만한 드라고니안을 다 처죽여도 된다. 하지만 그렇게 되면 동맹은 물건너간다. 애초에 여기에 온 이유를 상기시킨 그는 아나지에게 새로운 방법을 제안했다.

"마음 같아서는 너희들 다 작살내버리고 싶지만. 그게 좋은 방법은 아닌 것 같고."

강혁준의 몸에서 오싹한 살기가 잠시 흘러나왔다. 아자니는 방광이 풀리는 것을 가까스로 막았다.

"딱 깨놓고 이야기 할게. 나 혼자서 드라고니안 전체와 싸울 수는 없어. 하지만 마음만 먹으면 네 놈 모가지는 마음대로 딸 수 있거든."

"……."

혁준이 마음만 먹으면 십만 병력이 포위해도 돌파할 자신이 있다.

"근데 나는 굳이 너희들이랑 척을 지고 싶지는 않아. 오히려 처음 말한 것처럼 동맹을 맺고 싶지. 그래서 말인데, 너희들에게 한 가지 제안을 하지."

"그… 그게 뭡니까?"

"내가 알기로 너희들 인섹트 때문에 골치가 아프다고 하던데."

"네. 그렇습니다."

인섹트와 드라고니안은 불구대천지 원수나 다름없다. 영토가 워낙 가깝다보니 자주 부딪혔다. 혁준이 인섹트를 잠깐 언급한 것만으로 아자니는 이를 갈고 있었다.

'듣고보니 아사니의 조부도 인섹트와의 전쟁에서 죽었다고 했지?'

아자니가 어린 나이임에도 술탄의 직위에 오른 이유가 거기에 있었다.

겉으로 보기에는 두 세력 사이가 백중세처럼 보인다.

허나 그것은 두 세력이 가지는 특징을 보지 못 했을 때의 이야기다. 똑같이 전쟁을 하더라도 인섹트의 번식력은 어마어마한 수준이다.

교환비가 50:1을 성립하더라도 인섹트는 순식간에 피해를 복구해버린다. 인섹트가 알을 낳고 성충이 되는데 걸리는 시간은 단 보름이면 되기에. 반면에 드라고니안은 건장한 전사를 한 명 키우는데 걸리는 시간이 무려 20년은 걸린다.

그 차이에서 오는 간극은 절대 무시할 수 없었다.

혁준은 그 점을 떠올리며 말했다.

"너희들의 골치덩어리인 인섹트를 내가 처리해주지."

허나 아자니의 표정은 약간 일그러졌다. 쉽게 말해서 못 믿겠다는 뜻이다.

'분명 강해보이지만… 그 많은 인섹트를 어떻게 처리한단 말인가?'

여태까지 인섹트와의 전쟁에서 수많은 드라고니안의 피가 대지에 뿌려졌다. 고작 개인의 힘으로 가능할 리가 없다.

"물론 공짜는 아니야. 내가 인섹트를 처리해준다면, 너희는 우리와 동맹을 맺도록 하지. 어때? 너희들에게 너무 좋은 조건 아니냐?"

"알겠습니다. 그 조건이라면 수락하죠."

아지니는 당연히 강혁준의 말을 믿지 않았다. 인질로 잡혀 있기에 일단 수긍하는 척 연기한 것이었다.

"좋았어. 별로 믿는 눈치는 아니지만."

혁준은 자리에서 일어났다. 어차피 행동으로 보여주면 될 일이다.

때 맞춰, 드라고니안 병사들이 궁전으로 들이 닥쳤다.

"무례한 놈. 당장 전하를 놓아주지 못할까?"

전에 만난 적이 있는 사람이다. 라투니아라고 했던가?

'붉은 색의 머리카락이 잘 어울리는 아가씨였지?'

"안 그래도 그럴 생각이었어."

혁준은 병사들이 온 반대 방향으로 뛰었다. 라투니아는 병사들에게 바로 명령을 내렸다.

"저하를 시해하려고 한 자다! 무슨 일이 있어도 잡아야 한다."

그녀의 명령에 따라서 병사들은 각자 변신을 했다. 추격에 용이하게 각자 비행형 데몬으로 말이다.

"흡!"

강혁준은 뛰어난 운동 실력으로 도움닫기를 한다.

타다닷…

평평한 벽을 발로 차는 것만으로 수직상승한다. 궁전

밖으로 연결되는 창문에 서서 혁준은 가볍게 외쳤다.

"그럼 아디오스!"

그리고는 바깥으로 뛰어내린다. 뒤늦게 드라고니안이 그를 추적하지만 따라잡기는 요원했다.

⚜

멀지 않은 곳.

테실은 여전히 단잠에 빠져있었다. 그런 와중에 주변이 소란스럽다. 이상한 낌새를 느낀 타이건은 루시아에게 작게 속삭였다.

"뭔가 이상한데. 테실을 깨우는 것이 좋겠어."

그녀 역시 고개를 끄덕인다.

루시아는 작은 목소리로 테실을 불렀다.

"……."

깊게 잠이 든 모양이다. 일어날 생각이 없었다. 결국 루시아는 그를 흔들었다.

"으음……. 무슨 일이야?"

졸린 표정으로 테실이 말했다. 간만에 꿀잠을 자고 있어서 언짢은 기색이 역력하다. 하지만 루시아는 대답 대신 손가락으로 한 곳을 가리켰다.

"으음…. 뭐야?"

테실은 그녀가 가리킨 방향으로 고개를 돌렸다. 그리고 거기에는 그들의 상관이 강혁준이 있었다.

"맙소사."

성난 드라고니안들이 한웅큼 몰려온다. 테실을 비롯한 일행이 깜짝 놀라는데,

강혁준은 한술 더 떠서 이렇게 외친다.

"얘들아. 튀어!"

간단한 말이지만, 일행을 충격에 빠뜨리기에는 충분했다.

퍼억!

테실의 행동이 제일 빨랐다. 아직 상황 파악을 못한 병사의 정강이를 걷어 차버렸다.

우둑······.

불시의 일격인 탓일까? 병사의 다리가 이상한 각도로 꺾여 버린다.

"크어어억!"

그의 단단한 주먹이 다른 병사의 턱을 가로지른다. 주무기인 도끼는 없지만, 테실의 맨 주먹도 충분히 위협적이었다.

"어휴··· 쉽게 지나가는 법이 없구나."

테이건은 한숨을 쉬었다. 그리고는 그림자로 모습을 순식간에 감추었다. 그러더니 드라고니안의 그림자로 이동해 버린다.

"쿠엑……."

등 뒤에서 나타난 그는 단번에 드라고니안의 병사의 목을 감싼다. 타이건은 익숙한 솜씨로 그를 기절시켰다. 그의 입은 늘 불만투성이지만, 그 실력만은 허튼 적이 없었다.

"하아압!"

마지막으로 루시아는 있는 힘껏 마법을 터뜨린다. 회색의 기체가 사방으로 퍼지기 시작했다.

"크윽……."

포위하고 있던 드라고니안들의 시야를 제한시켰다. 그녀의 기지 덕분에 순찰대의 포위에서 쉽게 빠져나올 수 있었다.

가까스로 달려오던 강혁준과 합류한다.

"혁… 혁준님. 대체 이게 무슨 일입니까?"

타이건의 질문에 혁준은 곧바로 대답을 하지 않았다. 단순히 그를 무시한 것은 아니다. 뒤따라오던 드라고니안이 쏘아낸 1m 길이의 가시 뼈 때문이었다.

'다크 매터!'

새까만 물질은 엿가락처럼 늘어났다. 강혁준의 의지에 따라 쏘아낸 가시 뼈를 모두 막아내버린다.

"그건 나중에 설명해주지. 일단 여기서 빠져나가자고."

혁준은 아공간의 주머니에서 M4 카빈을 꺼낸다.

'떨어뜨릴 필요성이 있겠군.'

죽일 생각은 없다. 목숨을 뺏는다면 후에 동맹을 맺을 때, 장애물이 될 수도 있다. 강혁준은 급소가 아닌 부위를 노렸다.

타타타타!

총구에서 불이 뿜는다. 대부분의 탄은 허벅지나 팔에 적중한다. 혹은 비행형 데몬으로 변신한 경우라면 철저하게 날개를 노렸다.

"크아아악!"

단번에 격추되는 드라고니안들.

그 모습이 가을철에 오리를 잡는 사냥꾼이나 다름없다. 덕분에 추격의 기세가 대폭 감소 되었다.

그 이후, 일행은 드라고니안의 추격에서 쉽게 빠져나올 수 있었다.

✤

"허억… 허억…."

테실과 타이건이 거친 숨을 몰아쉰다. 추격을 뿌리치기 위해서 다리가 부서지라 도망 나왔기 때문이다.

반면에 루시아와 강혁준은 표정의 하나의 변화도 없었다. 강혁준이 가진 체력은 103점이 넘는다. 하루 종일 달려도 에너자이저처럼 지칠 일이 없다.

그리고 루시아는 강혁준이 등 뒤에 업고 달렸다. 처음에는 비행 마법을 사용했지만, 곧 마력을 다 사용하고 말았다.

 '버리고 갈 수는 없지.'

 루카가 아끼는 제자다. 강혁준도 나름 신경을 써준 셈이다.

 "너희들은 체력 훈련 좀 해야겠다."

 바닥에 쓰러져서 달뜬 숨을 쉬는 그들에게 말한다. 타이건은 억울한 표정을 지었다.

 '당신이 괴물 같이 강한 것이라구요.'

 물론 그 생각은 입 밖으로 꺼내지는 않았다. 대신 자초지종에 대해서 물었다.

 "대체 무슨 일이 있었기에, 저들이 미친 듯이 쫓아오는 것이죠?"

 "별 일은 아니고, 하도 목이 뻣뻣해서 가볍게 손을 봐주었지."

 "설마? 무력시위라도 한 겁니까?"

 갓 슬레이어인 강혁준이라면 궁전을 초토화시키는 것이 가능하다. 하지만 그들은 동맹을 맺기 위해서 찾아왔지, 전쟁을 하러 온 것은 아니다.

 어처구니 없는 표정으로 되묻는 타이건을 향해 강혁준은 수줍은(?) 미소를 지으며 말했다.

"무력시위라고 하기에는 부끄럽고. 장로랑 로열 가드들을 모조리 때려눕혔지. 사망자는 아무도 안 나왔으니, 문제가 될 소지는 없어."

"……."

타이건은 절망했다. 지금 그가 섬기는 존재인 강혁준은 정상인의 범주에서 아득히 멀어져 있었다.

'고… 고생길이 훤히 열렸구나.'

반면에 테실은 벌떡 일어나서 활기차게 말했다.

"아이고 간만에 운동 했구만."

그는 자신의 뱃살을 만지며 말을 이었다.

"혁준님 덕분에 배에 낀 기름이 좀 빠진 것 같군요. 하하핫."

처음 사신단에 뽑혔을 때, 그는 약간 실망했다. 테실의 인생은 말 그대로 역경으로 가득 차 있었다. 그리고 누구보다 그 굴곡을 즐기는(?) 성격이었고.

따분할 것이라고 생각했던 사신단의 임무는 정작 뚜껑을 열어보니 꽤나 익스트림(극심한, 극도의)한 임무이지 않는가?

'당분간 심심하지는 않겠어.'

마지막으로 팀의 막내인 루시아는 지극히 현실적인 문제를 생각했다.

'짐이고 뭐고 아무것도 없어. 길바닥에 노숙하게 생겼네.'

드라고니안에게 쫓기느라 모든 짐은 그곳에 두고 온 것이다. 그녀는 자신의 지식과 마법을 이용해서 노숙할 준비를 하기 시작했다.

"하아압!"

마력을 이용해서 마른 나뭇가지를 줍는다. 장작에 불을 붙이고, 식용이 가능한 데몬을 몇 마리 사냥한다. 그리고 나름 먹음직스럽게 그것을 요리까지 해버린다.

"차린 건 없지만, 일단 드세요."

강혁준은 마음속으로 루시아에게 1점을 부여했다.

Part 101 : 아릴레이아

날이 밝아온다.

타이건은 미래에 대한 걱정으로 밤새 뒤척이며 잠을 들지 못했다. 테실은 큰 소리로 코를 골았으며, 루시아는 새근새근 잠에 들었다.

마지막으로 강혁준은 혼자서 모닥불에 지피며, 밤을 새웠다. SS등급에 오른 후, 굳이 잠을 자지 않아도 피곤하지 않았다. 오랜 여행으로 피곤한 일행을 위해서 그가 나서서 불침번을 선 것이다.

간혹 먹이를 노리고 오는 데몬이 있었지만, 강혁준에 의해서 아침식사 거리가 되고 말았다.

"어휴……"

시간이 지나 모두 일어날 시간대가 되었다. 밤새 못 자서 눈이 퀭한 사람이 한 명 있었다. 반면에 테실과 루시아는 나름 휴식을 취한 모양이다.

"어머? 이게 뭐죠?"

루시아는 뒤늦게 데몬 사체를 보았다. 잠을 자는 동안 테실의 코 고는 소리 외엔 이렇다 할 소음이 없었다.

"아침거리다. 먹어도 되는지는 모르겠지만."

강혁준의 말에 테실은 화통하게 웃는다.

"아! 이 놈 고기가 맛이 참 좋습니다. 아침 요리는 제가 특별히 선을 보이지요."

테실이 나서서 고기를 요리한다. 아침부터 기름진 고기는 약간 어울리지 않지만, 상황이 상황인만큼 군말하지 않고 먹었다.

식사를 끝내고, 휴식 시간을 가진다. 타이건이 눈치를 보더니 혁준에게 말을 건넨다.

"강혁준님. 실례지만, 이후의 행보는 어떻게 하실 작정입니까?"

동맹건은 실패로 돌아갔다. 타이건이 보기에 남은 방법은 두 가지 정도다.

첫 번째로 인섹트를 찾아가는 방법이 있다. 하지만 그 방법을 떠올린 타이건은 이내 그 생각을 접었다.

'인섹트는 말이 통하는 놈들이 아니지.'

인섹트는 거의 재앙이나 마찬가지다. 마치 메뚜기 떼처럼 그들이 휩쓸고 간 지역은 폐허뿐이었다. 애초에 대화의 성립이 어려운 존재랄까? 그에 비하면 드라고니안은 양반인 셈이다.

두 번째는 실패를 인정하고 다시 애머른으로 돌아가는 수도 있다.

'그건 어렵겠지?'

그가 보기에 강혁준은 입지전적 인물이다. 젊은 나이에 챔피언이 되었고, 주전파의 수장이 되었다. 토글의 군단을 물리쳤으며, 데미갓을 단신으로 베어낸 자다. 실패를 쉽게 인정할 리가 없다.

"그러고보니 너희들에게 계획을 이야기 하지 않았군."

혁준은 깜박 잊고 있었다는 표정을 지으며 말했다. 그는 궁전에 있었던 일을 간략하게 설명했다.

"네? 그런 이유로 드라고니안을 다 때려눕혔다고요?"

기가 막힌 타이건은 자신도 모르게 목소리를 높였다.

"죄… 죄송합니다. 주제도 모르고 큰 소리를 치고 말았군요."

혁준은 그를 타박하지 않았다. 상식적인 인물이라면 당연한 반응이었으니까.

"상관없다. 게다가 드라고니안의 지원을 받으려면 인섹트를 처리해야 돼. 그렇지 않으면 그들의 군대를 빌리는 것은 불가능하거든."

그렇기에 강혁준은 술탄과 한 가지 약속을 했다. 물론 그것이 지켜질 것이 아닌지는 두고 봐야 할 일이지만.

'설마 그 정도로 머리가 나쁘진 않겠지?'

강혁준의 말이 끝나자 잠자코 있던 루시아가 손을 들어서 말했다.

"그럼 저희가 해야 할 일은 뭡니까?"

방향은 잡혀졌다. 약간 긴장된 표정으로 루시아가 물었다.

"너희들이 할 일은 없다."

혁준은 단순하게 말했다.

루시아를 비롯한 나머지 일행의 실력이 모자란 것은 아니다. 오히려 각 부대에서 뛰어난 유망주로서 출세길이 보장된 인재들이었다.

단지 강혁준의 능력이 지나치게 출중한데다, 그 수준에 맞춘 계획을 잡다보니 그들이 할 일이 없어지는 것이 문제다.

"이곳에서 기다려. 금방 정리하고 올테니까. 그럴 일은 없겠지만, 3일 동안 돌아오지 않으면 애머른으로 복귀하도록."

혁준은 그렇게 말하고 자리에서 일어났다. 그리고는 순식간에 목적지를 향해서 떠나버렸다.

"에… 에?"

마이 페이스도 정도껏이지. 이정도면 도깨비나 다름없다. 루시아는 당황한 표정을 지었지만, 이미 당사자는 보이지도 않는다.

"어쩌죠?"

그녀는 타이건과 테실을 바라보며 묻는다.

"시키는 대로 해야지. 별 수 있는가?"

테실은 아무런 고민 없이 다시 자리에 눕는다. 부족한 잠을 채울 모양이다.

"3일… 3일이라….."

타이건은 새로운 노이제로가 생긴 모양이다. 만약 3일 동안 강혁준이 돌아오지 않으면 애머른으로 돌아가야 한다. 하지만 문제는 그 다음부터다.

'뭐라고 변명을 해야하지? 입이 백 개라도 할 말이 없어!'

타이건은 최악의 상황을 상정하고 스스로 멘붕하고 있었다.

⚜

인섹트는 개미처럼 땅속 깊숙이 굴을 파고 산다. 그들의 앞발을 단단한 암석도 쉽게 파낼 수 있었다. 물론 침입자를 단번에 두 조각 낼 수도 있는 기능도 훌륭한 편이었다.

"캬아아악!"

등껍질 부분이 쩌억 열린다. 그리고 펼쳐지는 쌍겹의 날개.

부우우웅…

수십 미터 거리를 단번에 좁힌다. 그 기세가 어찌나 대단한지 일반인이라면 단번에 졸도해버릴 것이다. 그러나 상대가 나빠도 너무 나쁘다.

철컥…

놈을 기다리고 있던 것은 베넬리 샷건의 총구였다.

타앙!

마법 부여가 된 쇠 구슬이 확-하고 퍼져나간다. 그것은 단단한 키틴질도 짓이겨 버릴 정도로 강했다.

푸확!

녹색의 점액질이 바닥에 흩뿌려진다. 기세 좋게 날아오던 그것은 몸의 통제력을 잃고 옆으로 튕겨나갔다.

"삼천 육백 삼십…. 하고도 다섯 마리인가?"

지겨운 표정으로 강혁준은 숫자를 센다. 그가 처음 이곳에 도착했을 때에는 많은 수의 인섹트가 그를 반겼다.

그들은 앞 다투어서 갈고리 같은 앞발을 휘둘렀지만, 무의미한 저항에 불과했다.

결과는 강혁준의 압승이었다.

SS급에 달성한 그에게 있어서 인섹트의 공격은 위협과

는 거리가 멀었다.

'그나저나 굴이 꽤 깊네.'

다만 한 가지 문제점이 있었다. 굴의 아래로 내려갈수록 교묘하게 시간을 낭비시키고 있다는 점이다.

'아마도 도망을 갈 모양인데….'

상대의 의도가 훤하게 보여진다.

'그 무거운 몸으로는 힘들 텐데.'

여왕의 육체는 생식 능력에 특화되어 있다. 하루 종일 알을 낳기 위해 산만한 배를 가진 존재다. 도망치려고 노력해봤자, 얼마 가지 못할 것이다.

그런 특징은 루카에게 미리 들었기 때문에, 혁준은 큰 걱정 없이 아래로 내려갔다. 수십에서 많게는 수백마리의 인섹트가 혁준을 가로막았지만, 상대가 되지 않았다.

쿵… 쿵…

뭔가 낌새가 이상하다. 여태까지 상대한 병졸 인섹트와 격이 다른 존재감이 느껴지는 상대였다.

"……"

기존의 인섹트와는 덩치부터 급이 다르다. 놈의 몸에는 온갖 흉터가 깊게 새겨져 있었는데, 수 많은 전투에서 살아남았다는 증거이기도 했다.

'저것이 아퀼레이아인가?'

여왕을 수호하기 위해 특별 생산된 인섹트로서 그 강함은 여러 전장에서 입증된 바가 있었다.

찌르르르르…….

검은 통로 저너머로 붉은 안광이 여럿 보인다. 특이 개체로서 아퀼레이아의 무서운 점은 특유의 민첩성이다.

타다다닥!

아퀼레이아가 동시다발적으로 튀어나온다. 마치 섬광을 연상시킨다.

콰드드드득….

혁준은 옆으로 살짝 빗겨섰다. 낫처럼 생긴 앞발이 애꿎은 땅바닥을 긁고 지나간다.

어느새 그의 손에는 프르가라흐가 들려있었다. 강혁준은 단번에 상대를 쪼개려 했다.

그런데…

파바박!

뒤편에 있던 아퀼레이아가 달려든다.

'이크….'

이대로라면 등이 꿰뚫릴 처지다. 강혁준의 물리 저항력이라면 치명상은 피하겠지만, 굳이 당해줄 필요는 없다.

타다닥.

뒤로 물러나는데, 이번에는 땅바닥 밑에서 가시가 솟구친다.

찌지직…

다급히 발을 빼낸다. 가까스로 빗나갔지만, 옷이 찢어버리고 말았다.

'만만치 않은데?'

수십 마리의 아퀼레이아가 마치 하나의 유기체처럼 움직인다. 굳이 비슷한 예를 들자면 무협지의 합격술을 보는 것 같았다.

찌르르르르….

다리의 돌기를 이용해서 비비는 소리가 거슬리게 만든다. 또 다시 사방에서 아퀼레이아가 협공을 가한다.

'다크 매터.'

검은 무기물이 벽을 이룬다.

텅!

정면에서 돌격해 들어오던 아퀼레이아가 다크 매터와 부딪힌다. 하지만 그것은 서론에 불과한 것이었다. 순식간에 6방향에서 연이은 공격이 들어왔다.

'아드레날린 러쉬.'

고유 특성을 사용한다. 그 덕분에 가까스로 놈들의 공격을 피할 수 있었다. 그러나 문제점이 있다.

'반격할 틈이 없어.'

아퀼레이아의 유기적인 공격 때문에 그저 피하기도 급급하다. 하나 걷어내면 바로 다음 공격이 들어왔기 때문이다.

'가만…. 굳이 피할 필요가 없잖아.'

여태까지 강혁준의 전투 스타일은 선 회피 후 반격이었다. 높은 인지력을 활용하려다보니 그런 전투 스타일이 몸에 익어버린 것이다.

허나 SS급에 도달하고 새로운 스킬인 '이모탈'까지 습득했다. 사실상 예전 스타일을 계속 고집할 이유는 없었다.

강혁준은 마음을 바꿔먹었다. 정면으로 아퀼레이아와 어울려주기로 한 것이다.

푸욱!

날카로운 앞발이 혁준의 허벅지로 날아든다.

푸확!

붉은 피가 튀어올랐다. 하지만 물리 저항 덕분에 절단만은 면한 상태.

"꽤 아픈데?"

강혁준은 히죽 웃으면서 말한다. 그리고는 상처부위에 힘을 주었다.

"찌르르르…."

박혀든 앞발을 빼내려고 한다. 하지만 요지부동이었다. 단단한 근육이 움직임을 방해한 것이다.

부우우웅!

전설급 무기인 프르가라흐가 세차게 회전한다. 강혁준의 손에 무언가 걸리는 것이 있었다. 하지만 그것은 이내 기분 좋은 손맛으로 승화되었다.

푸화아아악!

단번에 두동강 나는 아퀼레이아.

푸른 화염에 휩싸이는 것은 덤이었다.

퍼버벅……

한 마리 정리하는 동안 강혁준의 몸에는 수십 개나 되는 상처가 생겼다. SS급이 되기 전이라면, 가벼운 부상이라고 할지라도 큰 부담으로 다가왔을 것이다.

스으으윽…

아무런 조치를 취하지도 않았다. 그러나 강혁준의 상처는 순식간에 아물기 시작했다.

이모탈 특성이 발휘된 것이다. 신진 대사가 활발해진다는 사소한 단점을 제외하면 거의 무적이나 마찬가지다.

푸화아아악!

짧은 시간동안 강혁준의 손에 아퀼레이아 여덜마리가 무참히 쓰러졌다. 그는 금세 회복하는 반면에 아퀼레이아는 혁준의 공격을 버틸 수가 없었다.

'끈질긴데?'

누가봐도 전황은 강혁준이 유리했다. 사람이라면 이런 무의미한 전투는 그만두고, 투항하거나 하다못해 도망이라도 쳤을 것이다.

허나 아퀼레이아는 자기들이 화랑이라도 되는 듯이 임전무퇴를 충실히 고수하고 있었다.

'근처에 여왕이 있는 것이 분명해.'

아퀼레이아는 강력한 개체인만큼 그 생산이 매우 어렵다. 일반 인섹트마냥 마구 뽑을 수 있는 것이 아니다.

혁준은 아퀼레이아를 무시하기 시작했다. 굳이 놈들을 모두 죽일 필요는 없다. 장기로 따지면 장군을 노리는 방법이랄까?

"키이이익!"

아퀼레이아의 움직임이 한층 더 요란하다. 아래로 내려가려는 혁준의 앞 길을 막아서고 몸집을 크게 부풀린다.

'이거 의도가 너무 뻔한 것 아닌가?'

Part 102 : 카산드라

아퀼레이아가 있는 힘껏 앞을 막아서는 이유는 간단하다. 인섹트의 정점인 여왕을 보호하기 위해서이다.

"끼에에에엑."

어떻게든 침입자를 막으려는 아퀼레이아의 분투는 눈물겹다. 그러나 시간을 버는 것에 거쳤을 뿐, 그들은 결국 강혁준의 손에 의해 모두 죽임을 당하고 말았다.

쩌어억!

녹색의 체액이 발바닥에 달라붙는다. 사체에서 흘러나오는 그것들로 작은 내천을 이룰 정도다.

'더 이상 방해꾼은 없군.'

남은 통로길을 향해서 내려간다. 이윽고 거대한 공동이

드러났다.

자박… 자박……

끈적거리는 액체가 무릎까지 올라온다. 공기도 습하고 대체로 공간도 어두웠다.

공터의 중간쯤에 이르자, 거대한 그림자를 발견할 수 있었다. 혁준은 천천히 그것에 천천히 다가갔다.

-더 이상 오지 마라. 침입자여.

갑자기 들려오는 목소리.

그것은 일종의 텔레파시였다. 혁준은 목소리의 정체를 단번에 알아내었다.

"네가 여왕인가?"

혁준의 말에 거대한 동체가 몸을 일으킨다. 그제서야 혁준은 여왕의 모습을 한 눈에 볼 수 있었다.

여태까지 보았던 녀석들과는 그 모습이 확연하게 다르다. 일단 그 체구가 엄청나다. 몸 길이만 보더라도 거의 14m는 됨직했다.

아랫배가 몸 전체의 70%를 차지했는데, 지금 이순간에도 알이 쑤컹쑤컹 나오고 있었다. 그럼 대기하고 있던 일꾼 인섹트가 알을 받아서 산란장으로 이동한다.

-그렇다.

여왕은 바로 긍정해 왔다.

'맞게 찾아왔군.'

굳이 묻지 않아도 알 수 있는 일이었다. 강혁준은 고민할 필요도 없이 곧바로 프르가라흐를 꺼낸다.

-자… 잠시만.

여왕의 다급한 텔레파시가 전해져온다.

"응? 왜?"

약간 의뭉스런 표정으로 강혁준이 되묻는다.

-인섹트 종족을 대표해서 너에게 항복 하겠다. 부디 자비를 베풀어 달라.

자비? 혁준은 어이가 없었다. 이곳에 도착하자마자 다짜고짜 공격한 이는 바로 인섹트다. 설사 그녀의 직접적인 명령이 없었더라도, 그 책임이 어디 없어지지는 않는다.

"내가 왜 그래야하지?"

이대로 여왕을 베어버리면 인섹트의 통합점은 사라진다. 후대를 마련하지 못한 인섹트에게는 암울한 미래만이 기다리고 있을 것이다.

'나랑은 상관없지만.'

여왕은 두려움을 느끼는 모양이었다. 생물체라면 응당 살고자하는 욕망이 있다. 여왕도 그 굴레에는 벗어나지 못하는 것이다.

-잠깐!

덩치는 거대하지만, 전투력은 거의 없다. 여왕의 생산

능력과 지능은 경이로운 수준이지만, 그 외의 부분에서는 지극히 퇴화되어 있었다.

"또 뭐야?"

혁준은 어깨에 칼을 올려놓고 말했다.

-거래를 하자. 내가 들어줄 수 있는 것이 있다면 무엇이든지 하겠다. 인섹트의 힘은 위대하다.

여왕은 그저 내려진 명령대로 움직이는 일반 인섹트와는 다르다. 당금의 위기에서 벗어나기 위해 그녀는 나름 머리를 굴리고 있는 것이다.

"흠…."

혁준은 잠깐 고민을 했다. 이대로 여왕을 베어 넘기면 드라고니안과 동맹을 맺을 수 있다. 당초의 목적에 달성하는 것이다.

'드라고니안만큼 인섹트도 분명 도움이 된다.'

처음 이곳에 도착했을 때, 혁준은 수천의 인섹트를 처리하고 지하 토굴로 들어갔다.

그리고 토굴 입구에서 그가 먼저 한 일은 마력을 모아서 이블 플랜트를 배치하는 것이었다. 뒤이어 몰려드는 인섹트를 막기 위함이다.

부족한 마력은 마나 리커버리까지 사용하면서 무리하게 이블 플랜트를 소환했다. 그 개체수가 무려 300에 달했다. 좁은 토굴마다 배치된 이블 플랜트는 철저하게 인섹트의 출입을 막았고, 그 덕분에 그나마 여유 있게 여왕과 독대할 수 있었다.

'만약 좁은 토굴이 아니라 넓은 평지에서 인섹트와 전면전을 벌인다면?'

생각만 해도 끔찍하다. 죽여도 죽여도 끝없이 몰려드는 인섹트라면 상상만 해도 오한이 들 정도다.

"무엇이든 한다고?"

혁준은 사악한 미소를 지으며 말했다. 여왕은 순간 움찔했지만, 이내 고개를 끄떡인다.

-그렇다.

혁준은 마수의 지배자라는 스킬이 있었다. 마물을 지배할 수 있는 스킬인데, 그 대상이 똑똑할수록 실패할 확률은 기하급수적으로 올라간다.

사실상 강혁준이 여왕을 스킬로 지배할 확률은 0%에 가까운 것이다.

하지만….

"지금부터 너에게 한 가지 금제를 가하도록 하지. 그것을 받아들일지, 받아들이지 않을지는 네 마음대로 해도 좋아."

쿵!

강혁준은 프르가라흐를 바닥에 내리꽂는다. 그러자 검신이 푸른 화염에 휩씨이는데 그 모습이 여왕의 눈에는 명백한 위협으로 작용했다.

"물론 내 제안을 받아들이지 않아도 좋다. 하지만 그 결정을 내린다면, 어떤 결말이 있을지는 말하지 않아도 알지?"

혁준은 더 긴말을 하지 않았다. 똑똑한 여왕이라면 굳이 더 이야기하지 않아도 혁준의 뜻을 짐작하고 남을 것이다.

-…….

잠시간의 침묵이 흐르고 여왕은 이내 결정을 내렸다.

-제안을 받아들이겠다.

여왕이 죽으면 인섹트 전체가 와해된다. 산란장에 있는 수많은 알 중에서 다음 세대의 여왕이 태어난다면, 그나마 다행이다.

하지만 종족의 미래를 희박한 확률에 의지할 수는 없다. 설사 종족 전체가 한 남자의 노예로 전락하더라도, 일단은 생존의 길을 모색하는 것이 옳다.

'마수의 지배자!'

혁준은 스킬을 발동했다.

마력이 움직였고, 여왕의 기억을 조작하기 시작한다.

-크큭…….

생리적인 혐오감이 여왕을 사로잡는다. 지금보다 한층 격이 낮은 존재로 만들려는 그 손길이 마음에 들지 않았다. 마음만 먹는다면 단번에 뿌리칠 수 있었지만 여왕은 그렇게 하지 않았다.

목숨을 보전하기 위해, 더 나아가 종족의 미래를 위해서 그녀는 기꺼이 굴욕을 받아들인 것이다.

-아아… 주인이여.

여왕은 스스로 몸을 낮춘다. 높이 쳐들었던 머리는 어느새 바닥과 가까워진다. 적대적인 기운이 강했던 텔레파시도 이제는 경외심으로 가득 차 있었다.

'제대로 스킬이 작동하는군.'

'마수의 지배자' 스킬의 효과는 절대적이다. 처음 지배하기가 어렵지, 그 이후부터는 혁준의 명령에 절대 거역할 수 없게 된다.

"일단 너에게 이름이 필요하겠군."

그냥 여왕이라고 부르기에는 알맞지 않다. 뭔가 별칭 같은 것이 필요하다.

"좋아. 네 이름은 카산드라로 정하지."

모 개그 프로그램에서 본 이름이 생각났다. 다산의 여왕이라고 칭하는 사이비 교주가 나오는데, 작중 이름이 가산드라였다.

여왕의 이미지와 제법 어울리기에 혁준은 그런 별칭을 지어준 것이다.

-주인님이 지어주신 이름. 소중하게 간직하겠습니다.

그저 이름 한번 지어줬는데, 몸을 떨 정도로 감격한다.

뒤늦게 통로에서 많은 수의 인섹트가 들어온다. 커다란

전투가 있었는지, 그 몸에는 식물 줄기와 상처가 가득하다.

'그 많던 이블 플랜트를 모두 제거한 모양이네?'

좁은 통로에 설치한 이블 플랜트는 결코 만만한 상대가 아니다. 하지만 자신의 여왕을 구하기 위해서 인섹트 모두가 몸을 사리지 않고 돌파해온 것이다.

사사사사삭….

원래라면 불청객인 강혁준을 배제하기 위해 서슴없이 발톱을 휘둘렀을 터. 하지만 그들 또한 정세의 변화를 누구보다 빠르게 눈치챘다. 그들의 여왕에게 주인님이 생겼다는 것을!

"……."

여왕의 텔레파시가 인섹트의 뇌리에 전달된다. 처음의 그 흉흉했던 기색은 어딘가로 가버리고, 모두 자세를 낮춘다.

그것은 복종을 의미했다.

-저를 비롯한 8206414의 인섹트는 지금부터 목숨을 다해서 주인님을 섬기겠나이다.

순식간에 8백만에 해당하는 인섹트가 강혁준의 손에 들어왔다. 더 놀라운 점은 식량과 거주지만 받쳐주면 그 수를 얼마든지 불릴 수 있다는 점이다.

타이건을 비롯한 사신단 일행은 여전히 길거리에서 노숙 중이었다. 그들의 상관을 할 일 없이 기다려야 하는 처지나 한탄하며.

"어쩌지. 만일 혁준님이 돌아오지 않는다면… 아아…."

타이건은 여전히 고민이 많은 모양이다. 반면에 테실은 그의 등을 두드리며 말했다.

"걱정도 팔자구만. 데미갓도 쓰러뜨린 양반이야. 어련히 알아서 잘 하겠지."

"그건 테실 아저씨 말이 맞아요. 그, 혁준님을 누가있어 위험하게 할까요?"

루시아도 옆에서 거든다. 타이건은 그제야 얼굴색을 피면서 말했다.

"그렇지? 내가 괜한 걱정을 하는 것이겠지?"

그렇게 반문하는데, 갑자기 테실의 표정이 심상치 않다. 그는 바닥에 자신의 귀를 갖다된다. 갑작스런 그의 이상행동에 다른 일행은 의문을 표했다.

"무슨 일이에요?"

루시아의 물음에 테실은 빌떡 일어났다.

"무인가가 다가오고 있다. 당장 여길 벗어나야 해."

테실의 다리는 짧지만, 잘도 뛰어간다. 루시아와 타이건은 당황한 표정을 지으면서도 테실의 뒤를 따랐다.

"대체 무슨 일이오?"

타이건의 질문에 테실은 손가락으로 뒤를 가리켰다.

"응? 저게 뭐지?"

작은 먼지 구름이 일렁인다. 뒤늦게 루시아가 마법을 이용해서 멀리서 보이는 그것을 탐지했다.

"맙소사. 인섹트들이에요. 그 수는… 헤아릴 수도 없어요!"

그녀는 비명을 질렀다. 무엇보다 무서운 점은 그들의 진행 방향이었다. 자신의 뒤를 향해서 무섭게 쫓아오고 있었다.

"도망갈 수 있을까?"

타이건은 일행들을 향해 물었다. 하지만 질문을 한 본인도 알고 있었다. 저들에게서 벗어나는 것은 불가능에 가깝다는 것을 말이다.

"곧 따라잡히겠어."

"젠장. 벌레에게 먹힐 운명이었다니."

상황은 지극히 나쁘다. 그러던 와중에 테실과 타이건의 시선이 허공에서 얽힌다. 그리고 동시에 두 명의 데빌은 고개를 끄덕인다.

"루시아! 지금부터 우리 둘이서 저들의 시선을 끌어보이겠어. 너는 비행마법을 이용해서 도망쳐."

"싫어요."

루시아는 단번에 그 제안을 거절했다. 그녀는 두 남자의 심중를 알아차렸다. 스스로를 미끼 삼아서 인섹트를 유도하려는 것이 그들의 의도이리라.

"대체 이유가 뭐야?"

"그가 오고 있어요. 애당초 우리는 위험한 것이 아니라구요."

다급한 상황이었건만 이상하게 그녀의 목소리가 밝다.

"대체 그게 무슨 씨나락 까먹는 소리야?"

테실은 성질을 내면서 소리쳤다.

테실과 타이건의 시야는 평범했다. 반면에 루시아는 마법을 통해서 인섹트 무리를 살펴 볼 수 있었다. 그리고 늦게나마 인섹트 무리에서 낯익은 사람을 발견한 것이다.

두두두두두…

수백만에 해당하는 인섹트의 준동으로 대지가 울린다. 테실과 타이건의 안색은 점점 창백해지기 시작했다.

"벌레는 천천히 몸을 씹어먹는 다면서? 차라리 자살하는 것이 덜 아프지 않을까?"

타이건은 한 숨을 쉬면시 말한다. 반면에 테실은 자신의 주먹을 내만지면서 말했다.

"흥! 내 고기 맛을 보려면 톡톡히 대가를 치러야 할걸."

끝까지 투지를 불사르는 테실이었다. 반면에 일행 중 루시아만 생글거리며 웃는다. 그녀는 테실과 타이건에게 말했다.

"걱정 마세요. 우리는 살아서 애머른으로 돌아갈 수 있다구요."

Part 103 : 두려움

그녀의 장담은 곧 현실로 드러났다. 덕분에, 한바탕 일전을 준비하고 있던 일행은 힘이 쭈욱 빠져버렸다.

인섹트의 등에 타고 나타난 강혁준을 마주한 것이다.

"모두 표정이 왜 그래?"

강혁준은 장난삼아서 물었다.

"혁… 혁준님. 저희는 이제 죽었다고 생각하고 있었다구요."

수만개의 푸른 안광이 일행을 주시하고 있었다. 그들이 애머른에서 알아주는 강자라 할지라도, 군단을 상대할 수는 없는 법이다.

'길게 버텨도 10분? 그 이상은 절대 무리야.'

테실은 스스로의 한계를 잘 알고 있었다.

-주인이시여. 이들은 누구입니까?

갑작스럽게 들려오는 텔레파시.

덕분에 일행은 깜짝 놀란다. 하지만 혁준은 손을 저으며 말했다.

"아 소개가 늦었군. 카산드라. 모습을 보여줘."

혁준의 말이 끝나자, 인섹트가 홍해처럼 갈라진다. 이윽고 거대한 동체가 드러났다. 여태 보았던 인섹트와 비교가 되지 않을 정도로 커다란 그녀의 모습이 말이다.

여왕은 제 몸조차 스스로 제어하지 못한다. 그래서 달라붙은 것이 수 많은 인섹트다. 그녀의 동체를 옮기기 위해 작은 인섹트 수백마리가 벌떼처럼 달라붙어 있었다.

"인섹트의 여왕인가요?"

루시아는 입이 떡 벌어졌다. 그저 문헌으로만 알려져 있는 존재를 눈 앞에서 목격했기 때문이다.

-그렇다. 아이야.

평소라면 서로 대화조차 이루어지지 않았을 것이다. 인섹트는 타 종족을 맛있는 고기, 그 이상으로 보지 않기 때문이다.

"오늘부로 우리편이다. 그러니까 싸우지 말고 사이 좋게 지내도록."

"아…. 넵!"

"물론이지요."

혁준의 말에 너나 할 것 없이 고개를 끄덕인다. 수백만에 해당하는 인섹트 앞에서 만용을 부릴 생각은 전혀 없기 때문이다.

"너희들에게 이걸 주도록 하지."

혁준이 꺼낸 것은 심장처럼 생긴 축축한 장기였다. 가끔씩 정체를 알 수 없는 녹색의 기체를 뿜어내는 것이 끔찍해 보인다.

"인섹트들 사이에서는 이것을 보고 지배의 홀이라고 하더군. 잊어버리지 말고 소중하게 보관해라."

혁준은 그것을 타이건에게 건네준다. 이 소심한 남자는 분명 그것을 소중하게 보관하리라.

"지배의 홀이라구요?"

"그래. 카산드라가 내 지배를 받지만, 그렇다고 너희말까지 듣는 건 아니거든. 그래서 이걸 주는 거다. 쉽게 말해서 한 나라의 옥새라고 봐도 무방할 걸."

지배의 홀이 뿜어내는 페로몬은 성난 인섹트도 진정시킬 수 있다.

"너희는 이걸 가지고, 인섹트를 애머른으로 이주시키도록."

"네?"

수백만에 해당하는 인섹트를 인도하라니.

"어렵지 않을 거야. 길만 알려주면 되니까."

"그렇긴 한데. 도시 안에는 이만한 인섹트를 받을 공간이 없다구요."

"그 점은 걱정하지 않아도 돼."

혁준은 빙긋 웃으며 말했다.

"얘들은 땅굴파기의 달인들이더라고."

이주 정책을 펼쳤지만, 그럼에도 아직 애머른에 인구는 과포화 상태다. 그런 좁은 도시 안에 수백만에 해당하는 인섹트를 밀어 넣을 수는 없다.

혁준이 생각한 것은 도시 옆에 위치한 황무지였다.

애머른 도시 주변에는 아무도 살지 않는 황폐화 된 곳이 있었다. 위험한 야생 데몬의 서식지로 일반 데빌이 살기에는 적합하지 않은 곳이었다.

"그곳까지 인도만 하면 이들이 알아서 처리 해줄거야."

오히려 그 위험한 데몬은 인섹트의 식량이 되어줄 터였다. 물론 인섹트도 그러는 와중에 많은 인섹트가 죽음을 죽음을 당할지도 모른다.

'죽는 것보다 더 많은 알을 낳겠지. 카산드라의 생식력은 아마도 어비스 최강이지 않을까?'

드라고니안 궁전.

술탄 아자니는 바쁜 정무를 돌보고 있었다. 그는 비록 나이는 어렸지만, 남다른 재능과 카리스마를 가지고 있었다.

"전하! 전하!"

난데없이 궁전을 난입하는 사내가 있었다. 술탄 아자니는 곧 상대를 알아보고 말했다.

"무슨 일인가? 장로."

대개 드라고니안의 장로들은 거만하기 이를 데 없고, 호들갑을 떠는 일이 드물다. 장로가 되기 위해서는 강한 변신 능력도 받쳐줘야 하지만, 가문의 위세도 중요하기 때문이다.

"큰 일이옵니다. 전하."

장로는 무릎을 꿇고 말했다.

"천천히 말해보게."

"간안한 인섹트 무리가… 인섹트 무리가……"

"고얀 놈들. 또 다시 우리 영토를 넘본단 말인가?"

술탄 아자니는 이를 갈면서 말했다. 드라고니안과 인섹트 사이의 갈등은 오랜 역사를 가지고 있었다.

"아니옵니다. 그것이 아니라…"

"음? 그럼 뭐가 문제란 말인가?"

아자니가 의문스런 표정으로 말했다. 장로는 그제야 자신이 본 것을 고해바쳤다.

"인섹트 무리가 말끔히 사라졌습니다."

"뭐… 뭐라?"

아자니는 순간 그의 말을 이해하지 못했다. 인섹트의 숫자는 수백만에 달한다. 그것이 갑자기 사라질 리가 없는 것이다.

"정말이옵니다. 오늘 정찰을 나간 무리가 보고하기를 인섹트는 커녕 개미 한 마리조차 보이지 않았다고 합니다."

"믿기 어려운 내용이군."

"그렇사옵니다. 저 역시 그렇게 생각했습니다. 그래서 별동대를 조직해서 인섹트 소굴에 파견했습니다."

얼마 지나지 않아서 별동대는 놀랄만한 소식을 가져왔다.

"정말로 인섹트가 모조리 사라졌다고 하옵니다."

"과연 그것이 가능하단 말인가?"

아자니는 스스로 반문했다. 그러다가 얼마 전, 한 가지 해프닝을 떠올렸다. 애머른에서 찾아온 사신단의 일을.

그 중 검은 머리의 남자는 자신과 한 가지 약속을 했다. 골치 덩어리 인섹트를 처리해줄테니, 동맹을 맺자는 내용을 말이다.

그 때는 헛소리라고 치부했었다. 가만히 생각해보니 그게 아니었다.

"다행이 인섹트의 흔적은 발견할 수 있었습니다. 무슨 연유인지는 모르겠으나, 그들이 향한 곳은 동남쪽이었습니다. 일단 그들로 하여금 계속 추적을 하라고 지시했습니다."

"잘 처리했네."

아자니는 일단 장로를 칭찬했다.

'남동쪽이라면 분명 애머른이 있는 곳이다.'

어떤 마법을 부렸는지는 모른다. 다만 한 가지 확실한 점은 이번에 일어난 일이 검은 머리 사내의 작품이라는 점이다.

✢

야심한 밤.

갑자기 이주해버린 인섹트 때문에 대신들과 오랜 시산 회의를 벌였다. 인섹트의 갑작스런 이주는 전혀 예상치 못한 것이었다.

여러 의견이 나왔지만 그 누구도 그 원인을 밝히지 못했다. 아자니 역시 예상 가는 부분이 있었지만, 구태여 그 점에 대해서는 밝히지 않았다. 자신 스스로도 그 점을 믿기 어려웠기 때문이다.

'머리 아픈 건 관두고, 일단 잠이나 자자.'

아자니는 푹신한 침상에 몸을 뉘인다.

잠에 막 들려고 하는데, 방이 한층 더 어두워진 것 같다.

고개를 돌려서 창문 밖을 바라보니, 커튼 너머로 검은 그림자가 드리웠다.

"당신이군요."

아자니는 담담하게 말한다. 사실 그 검은 그림자의 정체가 암살자라면 극히 위험한 상태다. 하지만 그림자의 정체가 자신이 생각하는 그라면, 위험할 일이 없다. 마음만 먹었다면 그의 손에 이미 죽었을 테니까.

"눈치가 빠르네."

커텐이 걷히고 한 명의 사내가 들어왔다.

"사실 긴가민가하고 있었습니다."

아자니는 존대말을 했다. 겉보기에는 평범해보이지만, 그가 인섹트를 몰아낸 장본인이라면 존경받아 마땅하다. 여태 그 어떤 드라고니안도 해내지 못한 일이기 때문이다.

"당신이 아니라면 지금 일이 설명이 되지 않으니까요."

혁준과 아자니는 한 가지 약속을 했었다. 그리고 지금에 와서 혁준은 그 약속을 지켰다.

"그래. 나는 약속을 지켰다. 이제 너는 어쩔 생각이지?"

혁준은 넌지시 물어본다. 아자니는 긴장된 목소리로 말했다.

"받아들여야 하지요. 하지만…."

"하지만?"

"저는 백성을 보호해야할 의무가 있습니다. 무리한 요구는 받아들이기 어렵습니다."

그는 걱정하고 있었다. 개인의 힘으로 인섹트를 좌지우지할만한 능력자다. 지금도 강혁준이 마음만 먹으면 아자니의 목숨은 촛불처럼 꺼지게 할 수 있다.

그 점을 협박 삼아서 착취를 당할지도 모른다는 점이 아자니의 고민이었다.

"나도 굳이 너희들을 핍박할 생각은 없다. 나는 동맹을 제안하러 왔지. 복종을 요구하는 것이 아니니까."

사실 혁준에게는 드라고니안을 제어할만한 여력이 없었다. 괜히 긁어 부스럼을 만드는 것보다 이렇게 웃으면서 손을 잡는 것이 훨씬 이득이다.

그보다 혁준이 노리는 것은 정치적인 과시였다. 강혁준 혼자서 인섹트를 복종시키고 드라고니안의 협력을 이끌어 냈다.

이번 일을 통해서 강혁준의 입지는 한층 더 공고해 질 것이다.

"좋습니다. 내일 사절단을 준비하지요."

아자니는 자리에서 일어났다. 그리고는 혁준과 눈을 맞추며 악수를 나누었다.

✢

　미스트라의 취미는 정원을 가꾸는 것이었다. 정원은 그리 크진 않지만 갖가지 진귀한 꽃들로 빼곡히 들어차 절경을 이루고 있다.

　그녀가 만면에 미소를 지으며 화원을 관리하고 있을 때, 시종이 다가와 보고를 올렸다.

　"마스터. 티엔님이 방문했습니다."

　분주하게 움직이던 미스트라의 손이 멈춘다. 그녀는 약간의 한숨을 쉬더니 말했다.

　"들라 일러라."

　이윽고 티엔이 모습을 드러냈다. 애머른에서 활동하는 주화파의 유일한 동지이자, 악신 탈리카의 끄나풀이기도 하다.

　티엔은 다소 상기된 표정으로 들어왔다.

　"하고 싶은 말이 많은가보군요."

　미스트라는 손질용 가위로 시든 부위를 자른다. 뒤에서 묵묵이 있던 티엔은 자신의 불만을 말하기 시작했다.

　"지금 한가로이 정원이나 손질할 때가 아니오. 우리가 얼마나 위기에 봉착했는지, 그대는 알지 못하는 것이오?"

　그는 초조한 기색을 감추지 못했다.

"실리파 놈들이 우리에게서 돌아섰소. 스스로의 안위를 위해서 강혁준 밑에 들어가기로 마음 먹었단 말이오."

"그렇군요."

"그뿐만이 아니오. 수백만의 인섹트가 그의 권속이 되었다더군. 게다가 어제 저녁에는 드라고니안 사절단이 도착했소. 동맹을 제안하러 왔다는군, 허!"

"저도 그 이야기는 들었답니다."

티엔은 답답한 표정을 지었다.

"당신은 그것을 보고 느끼는 것이 없소? 이대로라면 우리의 존재가치가 없어지게 되오. 탈리카님이 우리를 어떻게 생각하는지 모르오?"

"쓰다 버리는 말로 생각하겠지요."

늘 온화한 표정을 짓고 있지만, 내뱉은 말은 그렇지 않다.

"그걸 알면서…."

티엔은 어처구니 없다는 표정으로 말했다.

"너무 타박하지 마세요."

미스트라는 웃으면서 말한다. 이제 하나뿐인 동지를 바라보면서 티엔은 하소연했다.

"그들이 권력을 쥔다면. 운이 좋아도 추방이오. 하지만 그것으로 끝이 아니지. 탈리카는 자비를 모르는 신이오. 우리에게 내려질 벌이 얼마나 끔찍할 것인지…… 나는 두렵소."

싹둑 -

그녀는 시든 장미의 줄기를 사정없이 자른다. 그리고는 생각에 잠겼다.

'쓸모없는 것은 제거되어야 마땅하지.'

주어는 없었다. 하지만 티엔은 정체를 알 수 없는 오한을 느꼈다.

Part 104 : 티엔

미스트라는 몸을 돌렸다. 그녀의 손에는 시든 장미가 들려 있었다.

흠칫…

티엔은 순간 심장이 덜컥 내려 앉는다. 같은 의원직이지만, 분명 미스트라와 자신은 그 급이 다르다. 지금처럼 상황이 위급하지만 않았다면, 절대로 그녀에게 아쉬운 소리를 하지 않았으리라.

"맞아요. 저 역시 그렇게 생각하고 있어요."

다행스럽게도 그녀는 티엔의 이견에 수긍한다. 그럼에도 티엔은 찝찝함을 느꼈다.

"나와 생각이 같다니 다행이오. 하지만…"

티엔은 뒷말을 아꼈다. 매일 뒤편에 서서 강 건너 불구경하던 미스트라의 동조를 이끌어낸 점은 좋다. 하지만 상황이 너무 좋지 못하다.

"주전파의 기세는 하늘을 찌를 듯 하고… 이제 와서 손을 쓰기에는 너무 늦었을지도 모르오."

그렇게 말하면서 슬쩍 미스트라의 눈치를 본다. 하지만 미스트라는 코웃음을 친다.

"이미 다 알고 있으면서, 이제 와서 체면 차릴 필요는 없어요."

꿀꺽.

티엔은 자신도 모르게 침을 삼킨다. 왜냐하면 티엔은 미스트라의 진면목을 알고 있기 때문이다.

"당신이 직접 나선다면, 제 아무리 강혁준이라도 별 수 없겠지."

티엔이 내뱉은 말은 충격적인 것이었다. 강혁준은 홀로 데미갓을 쓰러뜨린 자다. 게다가 누구도 엄두를 내지 못했던 일들을 태연스레 성사시키고 있다. 수많은 젊은이들이 그 점에 매료된 상태였다.

그럼에도 미스트라의 상대가 될 수 없다? 티엔은 그것을 굳게 믿고 있었다.

미스트라가 천천히 정원의 중심을 향해 걸어간다. 거기에는 탐스러운 열매를 맺은 사과나무가 있었다. 그녀는 손을 뻗어 과실 하나를 땄다.

"생각한대로 충분히 익었군요. 이제 수확할 시기가 다가왔어요."

티엔은 그녀의 말이 섬뜩하게 들렸다. 수확할 때가 되었다는 것은 또 다른 의미를 지니고 있기 때문이다.

'영혼을 수확하는 자.'

그것은 미스트라를 칭하는 별명이었다. 그 얼마나 많은 생명이 그녀의 손에 사라졌던가? 하지만 무서운 점은 그것뿐만이 아니다.

'차라리 곱게 죽는 것이 낫지. 그녀의 손에 농락당하고 싶지 않아.'

티엔으로서는 마음 한편으로 안도가 되는 것도 있었다. 드디어 미스트라가 직접 나서기로 마음 먹었다. 제 아무리 강혁준이 강하다 해도 상관없다.

설사 천지를 개벽할 힘을 가졌다 하더라도, 미스트라 앞에서는 무력할 뿐이다. 그 점은 불변하지 않는 진리였다.

"무대를 마련해야지요. 당신은 투항의사를 밝혀요. 다른 실리파처럼 겁쟁이를 연기하세요."

"좋소. 내가 해야 할 일은 꼭 완수하겠소."

티엔은 자신있게 말했다. 그는 자신의 배역을 이해한 것이다. 미스트라의 진면목은 비밀에 휩싸여 있다. 만인이 보는 곳에서 그녀의 능력을 보여주는 것은 현명한 선택이 아닐 것이다.

"굴욕적 항복 문서를 작성하겠소. 물론 그것은 새빨간 거짓말이지만."

⚜

모든 일이 완벽하게 흘러갔다.

먼저 드라고니안의 사절단이 찾아왔다. 그들은 값진 보물을 들고 머리를 조아렸다. 이윽고 굳건한 동맹이 체결되었다.

자연스럽게 실리파는 하나 둘 백기를 걸기 시작했다. 이미 세가 급격히 기울어졌기 때문이다. 한 때는 내전을 생각해야 할 만큼 상황이 나쁘게 돌아갔다.

허나 토글의 군단이 진격하면서 상황은 반전되었다. 전쟁은 승리로 끝났지만, 실리파가 설 입지는 사라져버렸다.

'모든 것이 순조로워.'

애머른 전체가 강혁준의 손에 들어오고 있었다. 왕좌가 멀지 않았다.

똑똑똑…

"들어오게."

혁준의 말이 끝나자 문이 열리고 낯익은 자가 들어왔.

모슬헨이었다.

"얼굴이 많이 상했군."

강혁준이 먼저 농을 걸었다.

"일이 워낙 많아져서요."

모슬헨은 어깨를 으쓱 거리며 말했다.

실리파 의원이 하나 둘 투항을 한다. 그 점은 환영할만한 일이지만, 실리파 의원을 믿을 수는 없다. 얼마든지 다른 마음을 품을 수 있기 때문이다.

중요한 것은 실리파의 목줄을 쥐는 것이다. 상황이 바뀌더라도 함부로 배신하는 것을 막기 위해서다.

실리파의 개목걸이를 만드는 일은 모슬헨이 떠맡았다.

타고난 협상가인 모슬헨은 채찍(당근?)과 채찍을 적절히 사용해서 많은 이권을 빼앗아왔다. 결국 실리파는 허울만 의원이고, 권력의 대부분을 주전파에 빼앗기고 말았다.

"매형. 티엔이 서신을 보냈습니다."

"티엔이?"

강혁준은 모슬헨에 꺼낸 서신을 읽어보았다. 이런저런 미사구가 잔뜩 적혀져 있었지만 그것이 뜻하는 바는 간단했다.

"항복하고 싶다. 그 뜻이군."

"네. 그렇습니다. 헌데 한 가지 걸리는 점이 있습니다."

"그래. 무슨 일이 있어도 나와 독대하고 싶어하는군. 그것도 자신의 집에서."

"위험합니다. 저는 이 미팅을 반대하고 싶군요."

강혁준은 강하다. 거기에 막강한 권력까지 지니고 있었다. 그가 주전파에 합류한 이후, 당면한 어려움을 차례차례 격파해왔다.

하지만 아이러니하게도 그 점이 주전파의 약점이 되고 말았다. 지금 강혁준은 권력의 중심점이나 다름없었다. 만약에 그에게 무슨 일이라도 생긴다면?

주전파는 그 즉시 모래성처럼 허물어지고 말 것이다.

"주화파가 노리는 것은 하나뿐입니다. 바로 매형의 목이지요. 그것만 성공할 수 있다면, 그들로서는 더 바랄 것이 없을 겁니다."

모슬헨의 말은 신랄했다.

"그들이 그렇게 어리석을까?"

강혁준의 말뜻은 간단하다. 누가 되었든 목숨은 소중하다. 여태까지 강혁준을 적대하고 살아남은 자가 드물다. 그리고 그 사실을 누구보다 잘 아는 것은 주화파 장본인들이다.

"일단 저는 반대했습니다."

상관도 여러 가지 유형이 있다. 강혁준은 유능하면서도 부지런한 상관이다. 게으르면서 무능한 것보다는 훨씬 좋지만, 단점이 없는 건 아니다.

그가 쓰러지면 집단 자체가 쓰러져버린다. 그렇기에 모슬헨은 혁준의 경호에 늘 신경을 쓰고 있었다.

"알았어. 조심할게."

사실 그렇게 주의를 주는 모슬헨조차도 별 문제가 없을 거라 여기었다.

✤

'약속 시간이 되었군.'

강혁준은 창문을 열었다.

"잠시 다녀오지."

그의 말에 고용인들이 고개를 숙인다.

타타다닥!

창문 밖으로 몸을 띄운다. 그는 굳이 대문을 이용하지 않는다. 이유는 그냥 귀찮기 때문이다. 지금에서는 고용인들조차 그러려니 하는 수준에 이르렀다.

솨아아아악….

점프 한 번할 때마다 주변 환경이 획획 바뀐다. 가공힐 점프력으로 한번 도움닫기에 수십미터를 이동하고 있었다.

그가 도착한 곳은 티엔의 저택이었다. 따지고 보면 적의 본거지에 도착했건만, 그는 개의치 않았다.

"강혁준님. 어서 오시죠?"

마른 몸을 한 집사가 깍듯이 인사를 한다.

강혁준의 등장 방식은 다소 비상식적이었다. 남들이

보기에 하늘에서 쑥하고 떨어진 것처럼 보일 것이다. 하지만 집사는 오히려 기다렸다는 듯이 말한다.

'느낌이 좋지 않은데?'

인위적인 느낌이랄까?

순간 말로는 설명할 수 없는 불길한 감정이 들었다.

"제가 안내하겠습니다."

강혁준은 이내 자신의 생각을 정리했다.

'복잡하게 볼 것 없어. 그냥 하던 대로 하면 돼.'

티엔이 무슨 짓을 꾸미던, 그것을 그대로 되돌려주면 될 일이다. 여태까지 그러했고, 이제와서 달라질 것도 없다.

도착한 곳은 식당이었다.

고급진 음식이 상 다리 부러질 정도로 차려져 있다. 길게 늘여진 테이블 제일 끝에는 저택의 주인인 티엔이 자리해 있었다.

"어서 오시게. 오늘을 위해서 조촐히 준비한 것이니 부담 없이 들게나."

그는 한 손으로 차려진 식탁을 가리키며 말한다. 대범한 그의 태도에 혁준은 의아함을 느꼈다.

'듣기로는 소심한 사람이라고 하던데. 제법 강단이 있네?'

혁준은 자리에 앉았다. 집주인이 자리를 권하는데, 거절하는 것도 예의가 아니다.

"독은 넣지 않았소. 안심하고 먹어도 좋소."

티엔은 얄궂은 미소를 지으며 말했다. 그것은 명백한 도발이었다.

'항복 의사를 밝힐 줄 알았더니. 그게 아니었나?'

그렇지만 기 죽을 강혁준이 아니다. 그는 손을 들어서 큼직한 고기 조각을 집어들었다.

'슈파이어 앱슐론.'

마력이 조금씩 빠져나간다. 하지만 이로서 독에 대한 걱정은 없어졌다.

"호오…."

티엔의 말과는 다르게 그것은 치명적인 독이 든 음식이었다. 상대의 자존심을 자극한 수법인데, 이렇게 쉽게 걸려들지 몰랐다.

"그럭저럭 맛은 좋군. 자! 배도 채웠겠다. 본론으로 들어가 보지."

강혁준은 차가운 눈빛으로 말했다. 음식을 먹지미자 마력이 빠져나가는 속도가 늘어났기 때문이다. 독을 탄 것이 분명했다.

"허허허… 특별히 자네를 위해서 차린 음식이네. 무거운 이야기는 나중으로 미루는 것이 좋을 것 같네만?"

"이미 치사량 이상의 독은 먹은 것 같은데? 이만하면 되지 않았나?"

혁준이 태연하게 말을 던진다. 이미 그의 수작은 들통 났지만, 티엔은 부끄러운 모습이 아니었다.

"크크…."

티엔은 실소를 지었다. 당당한 태도를 보아하니 뭔가 준비한 수가 있는 모양이다.

"독이 제대로 작동을 안하는 가보군. 하지만 상관없다. 어차피 네 놈은 죽은 목숨이니까."

"그런 이야기는 귀에 딱지가 들을 정도로 들었다."

혁준은 벌컥 자리에 일어났다.

그 모습을 보면서 티엔이 손을 들어올렸다. 의자는 일종의 마법이 부여된 아티팩트였던 모양이다. 공중에 붕 뜨더니만 자연스럽게 뒤로 빠진다.

우르르르…

발 맞추어 무장된 병력이 모습을 드러낸다.

'다크 매터.'

한 주먹거리도 되지 않는 적이다. 강혁준은 스킬을 써서 그들을 물리쳤다.

퍼어억!

퍼억!

새까만 무기질은 한 자루의 해머가 되어서 다가오는 병사들을 후려친다.

그 위력은 가공하다. 한방 한방에 피떡이 되어서 날아가는 병졸들이다.

'고작 이런 놈들을 믿고 덤볐나?'

이해가 가지 않는 요소가 있었다. 그리고 그것을 느끼는 그 순간, 등 뒤에서 덮쳐오는 그림자를 발견했다.

꽈악!

허리를 급하게 비튼다. 그리고 손을 내밀어서 흉수의 손목을 낚아 챈다.

'여자?'

눈처럼 흰 머리에 푸른색의 창백한 피부를 가진 데빌이었다. 그리고 강혁준은 이미 그녀처럼 생긴 종족을 알고 있다.

'타이건과 같은 종족인가?'

종족 이름은 치에신.

특별한 능력으로는 바로 그림자에 자신의 모습을 숨길 수 있다는 것이다. 다만 그림자에 숨는 동안은 호흡이 불가능하기 때문에, 제약은 분명 있다.

치에신은 그 신출귀몰한 능력 덕분에 암살자로 주로 활동했다. 강혁준 역시 그림자에 숨어든 그녀의 기척을 놓칠 뻔 했었다.

'이게 누림수였던가?'

얕은 수다.

여태까지 겪은 고난과 어려움을 생각하면 이정도는 위기

라고 할 수도 없다.

'잘 가라.'

강혁준은 주먹을 말아 쥐었다. 그는 여자라고 봐주는 적이 없다. 적이라고 판단되면 단번에 박살내는 것이 그의 방식이었다.

부우우웅….

겉으로 보기엔 가볍게 내지르는 주먹이지만, 그 안에 담긴 위력은 거석도 단번에 가루를 낼만한 정권이었다.

Part 105 : 죽지 않는 자

푸확!

끔찍한 소리와 함께, 그녀의 인생도 사라진다.

털썩!

머리가 박살나고도 살 수 있는 데빌은 없다. 혁준은 고개를 돌려 티엔을 주시했다.

'음?'

숨겨진 한 수는 이미 낱낱이 발각되었음에도 티엔은 여전히 웃고 있었다.

뭔가 아니다 싶은 순간, 이변이 발생했다.

푸우욱….

파육음이 들린다. 혁준은 천천히 자신의 시야를 아래로

내렸다. 날카로운 비수가 배 중앙을 뚫고 삐죽 튀어나와 있었다.

"크크큭…."

티엔은 자리에서 일어나서 손가락질 하며 참을 수 없다는 듯이 웃어제낀다.

"크하하하하… 꼴 좋다. 멍청한 녀석."

"크윽!"

뒤에서 비수를 찌른 이는 놀랍게도 치에신 암살자였다. 분명 그녀는 머리가 박살나 절명했다. 짓눌러진 안면과 튀어나온 눈알은 그것을 증명했다.

'어떻게?'

이해가 가지 않는 상황이었다. 하지만 일단 위기부터 모면해야 한다.

퍼억!

백 핸드 어택이 작렬한다. 마치 차에 치인 것처럼 그녀의 가녀린 몸이 멀리 튕겨나간다. 그 와중에 혁준의 상처는 더 길게 찢어졌다.

'크윽….'

간만에 느끼는 고통이었다. 하지만 그걸로 끝나지 않았다.

"후읍…."

언제까지 배에다 칼을 꼽고 다닐 수는 없는 법. 혁준은 심호흡을 한 번하고 단번에 그것을 뽑아냈다.

주르륵….

상처 단면에서 생각보다 많은 양의 피가 뿜어져 나온다.

쩔그렁-

혁준은 단검을 아무렇게나 던져버렸다.

'강력한 마력이 느껴지는군. 철저히 준비한 것이 분명하다.'

단검은 겉보기에는 평범해보였다. 허나 그것은 오로지 암살을 위해 제작된 무기였다. 혁준의 물리 저항력을 뚫기 위해서 비싼 금을 들여서 만든 무기가 분명했다.

"후우…."

깊게 한숨을 내쉰다. 더불어서 그의 '이모탈' 스킬이 발동되었다. 상처는 급속도로 수복되었다.

'방심했어.'

치에신 암살자는 이미 죽었다는 생각에 아무런 방비를 하지 않은 것이다.

"끄으으…."

치에신 암살자가 다시 자리에서 일어난다. 혁준의 백핸드 어택에 왼팔이 부러지고 흉부가 박살난 상태였다. 저 정도 부상이면 일어나기는 커녕 이미 요단강을 두번쯤 건너야 정상이다.

'언데드는 분명 아니야.'

이미 수십 차례 언데드와 싸워본 경험이 있었다. 처음 그녀를 상대했을 때, 치에신 암살자는 숨을 쉬는 생명체였다.

지금 이 시각에도 그녀의 가슴부근은 작게 부풀어 올랐다가 가라앉는다. 호흡을 하고 있다는 증거다.

"제법 재미있는 수를 준비했군."

인정할 건 인정해야 한다. 이모탈 특성이 없었더라도 프르가라흐의 치유 특성이 있다. 크게 달라질 점은 없겠지만, 한방 먹었다는 사실은 변함없다.

혁준은 성큼성큼 치에신 암살자에게 다가간다. 무자비한 공격을 당하고도 그녀는 자리에서 일어선다. 어떤 매커니즘으로 죽음을 견디는지 모른다.

'압도적인 화력으로 보내주지.'

철컥!

강혁준이 꺼낸 것은 샷건이었다.

"으…."

그녀는 가까스로 서 있었다.

탕! 탕!

컨디션이 좋은 상태라 할지라도 그것을 피할 방도는 없다. 혁준은 무자비하게 사격을 가했다.

푸확! 퍼버벅!

팔다리가 순식간에 날아 다닌다. 쇠구슬은 날아간 부위는 으깨진 살점이 되어 바닥에 흩뿌려진 것이다.

탕! 탕!

무바지한 사격에 의해서 암살자의 몸은 철저하게 분리되었다. 매캐한 연기 사이로 혁준은 무기를 거두었다.

헌데 뭔가 이상하다.

'이런…'

그의 눈살이 크게 찌푸려진다.

꿈틀… 꿈틀….

분명 죽였다. 몸이 저렇게 조각나면 설사 언데드라 할지라도 기능이 멈춘다.

'토할 것 같군.'

펄떡거리는 심장, 쉬지 않고 움직이는 눈동자, 잘려나간 팔목은 그나마 성한 손가락을 이용해서 천천히 기어 다닌다.

"일단 죽이지는 않으마."

혁준은 티엔을 바라보며 이를 갈았다.

강혁준은 언제나 손속에 사정을 두지 않는나. 적이라고 판단을 내리면, 단번에 끝장내버린다. 그리고 그것이 적에게 베푸는 일말의 자비라고 생각했다.

고통을 보며 즐기는 그런 고약한 사디즘과는 거리가 멀다고 볼 수 있다. 일반적인 상식으로 그녀가 저렇게 비상식적인 몸이 되는 것을 스스로 허락할 리가 없다. 저런 끔찍한 모습이라니.

만약이라도 그녀가 생생히 고통을 느낄 수 있다면? 상상도 하기 싫은 일이다.

반면에 티엔은 고개를 주억거리며 현 사태를 품평했다.

"과연 대단해. 물론 그녀에게 큰 기대는 하지 않았지만 말이야."

혁준은 더 이상 말을 섞고 싶지 않았다. 티엔의 태도로 봐서는 그녀가 이렇게 될 것이라는 건 이미 알고 있었다.

어떤 이에게 있어서 죽음이란 축복이 될 수도 있다. 여러 전장을 돌아다닌 혁준은 그것을 뼈저리게 알고 있었다.

타다닥!

혁준이 빠르게 움직였다. 이번에는 천장과 바닥에서 새로운 데빌들이 튀어나왔다. 혁준은 단번에 그들이 치에신 암살자와 같은 종류라는 것을 파악했다.

방금 그 치에신 암살자처럼 눈에 아무런 감정이 비쳐지지 않았기 때문이다.

'무력화시키는 것에 중점을 둔다.'

혁준은 무기를 사용하지 않았다. 굳이 죽지도 않을 것이라면 불필요한 고통을 안겨주고 싶지 않았다.

쉬이이익!

번쩍 비수가 빛난다. 일직선으로 내리긋는 공격이었다.

퍽!

손등으로 가볍게 무기를 쳐낸다. 압도적인 민첩성과 인

지력을 바탕으로 하는 묘기였다.

쩔그렁….

무기가 단번에 저 멀리 날아간다.

그 다음 수는 관절기였다. 남이 보기엔 가볍게 어루만져 주는 것과 다름없다. 하지만 손이 지나간 곳마다 탈골이 되어버린다.

털썩….

그대로 두면 탈골된 부위가 퉁퉁 부어오를 것이다. 어쩌면 부작용까지 따라올지 모른다. 하지만 그것은 혁준이 할 수 있는 최선의 자비였다.

적어도 산산조각이 되는 건 피할 수 있었으니까.

우드득… 우득!

그들은 순식간에 정리가 되기 시작했다. 암살자에게 있어서 강혁준은 상대가 너무 나빴다. 가공할만한 피지컬 앞에 불사라는 장점을 살려볼 기회조차 없는 것이다.

"……"

혁준은 무력화 되어 바닥에 꿈틀거리는 암살자들을 뒤로 하고 돌아섰다.

'이제 남은 것은….'

혁준은 이번 일의 원흉이라고 할 수 있는 디엔을 주시했다.

'일단 좀 맞자.'

여태까지 만난 악당들보다 훨씬 간악한 자다. 하지만 무엇보다 죽지 않는 자들의 정체를 간파해둘 필요가 있다. 달갑지 않은 이유로 티엔의 생명이 연장 되었다.

'모슬헨이라면, 확실히 알아내겠지.'

그는 정보 단체의 수장인만큼 고문에도 능했다. 일이 어떻게 돌아가는지, 확실히 알 수 있을 것이다.

"도… 도와주시오."

뒤늦게 티엔이 소리친다. 누군가를 부르는 것처럼.

"헛짓거리는 거기까지다."

혁준은 저벅저벅 그에게 다가갔다. 어떤 일이 있어도 놓쳐서는 안 될 일이다.

"아! 오셨구려."

티엔의 인상이 활짝 펴지더니 새롭게 등장한 이에게 재빨리 다가간다.

'쉽게 풀리는 일이 없군.'

혁준은 팔짱을 낀다. 티엔을 보호하는 자는 그 역시 잘 알고 있는 사람이었다.

"미스트라."

혁준은 한숨을 쉬며 그녀의 이름을 말했다. 그녀는 작게 고개를 끄덕인다. 그녀의 미소는 온화하고 풍기는 이미지는 천사 그 자체다. 하지만 혁준은 긴장을 늦추지 않았다.

그녀에 대한 정보는 전무에 가깝다. 정보 단체의 수장인 모슬헨조차 고개를 절래절래 흔드는 상대였다. 절대로 방심이란 있을 수 없다.

"잘 오셨소. 설마하니 날 버리는 줄 알고, 얼마나 걱정한지 아시오?"

덩치를 비교하면 티엔이 그녀의 두 배는 됨직하다. 하지만 지금 이 순간 티엔은 설설 기면서 그녀의 등 뒤에 숨었다.

"다음 상대는 너인가? 뭐 상관없지. 한번에 처리하면 나야 편하니까."

강혁준은 손목을 가볍게 푼다. 연이어 전투가 이어지지만, 크게 상관은 없었다. SS급 등급에 오른 이후로 그의 체력은 100점을 넘겼다.

설사 사흘 밤낮을 치고 박고 싸우더라도 문제가 없을 것이다.

'흐흐흐… 멍청한 놈.'

반면에 티엔은 만면가득 미소가 가득하다. 자신이 할 일을 성공리에 마쳤기 때문이다.

'정말이지 무서운 놈이있어. 설마하니 ' 그들 '을 그리 쉽게 처리해버릴 줄이야.'

죽지 않는 자의 전투력은 막강한 것이었다. 어떤 피해를 입어도 타겟을 제거할 때까지 포기하지 않는다. 그 상대가 강혁준이 아니었다면, 수단과 방법을 가리지 않고 암살에 성공했으리라.

'뭐… 상관없지. 네 놈이 아무리 강하더라도 미스트라 앞에서는 죽은 목숨이지. 크크크크.'

티엔은 이미 미스트라의 승리를 점치고 있었다. 그녀의 능력을 생각할 때, 이는 재고의 여지가 없는 사실이다.

티엔은 이제 곧 일어날 전투를 즐거운 마음으로 감상하려 했다.

그 일이 있기 전까지는….

미스트라는 혁준에 대해 그 어떤 수단도 취하지 않았다. 오히려 그녀는 뒤돌아섰다. 무방비하게 혁준에게 등을 보인 것이다.

'무슨 짓이지?'

전투 도중에 등을 보인다는 것은 자살 행위에 가깝다.

'함정인가?'

혁준은 섣불리 다가가지 않았다.

탁!

미스트라가 한 손을 들어올려 티엔의 이마에 얹는다.

"어?"

뒤늦게 의문을 표하는 티엔.

하지만 미스트라는 이내 어떤 '일'을 하고 말았다.

화아아아!

티엔의 몸에서 영혼 같은 것이 뽑아져나온다. 달리 그 현상을 표현할 방법이 없었다. 티엔의 몸에서 뽑혀 나온 푸른

형상은 생명체라도 되는 듯, 기이한 비명을 지른다.

"키에에에에엑!"

하지만 그것도 잠시.

푸른 색의 영혼은 이내 뭉글거리면서 미스트라의 손 안으로 사라지기 시작했다.

털썩.

티엔은 차디찬 시체가 되어 바닥에 쓰러진다.

"……."

그녀는 갑작스럽게 주화파 동지를 죽여버린 것이다. 전혀 이해가 되지 않는 상황이었다.

이윽고 티엔의 영혼을 흡수해버린 미스트라가 뒤돌아선다.

"?!"

혁준은 곧바로 프르가라흐를 뽑아들었다. 여태까지 접해보지 못한 능력이다. 혁준은 마른침을 삼켰다. 이대로 도망가야 할지? 아니면 가볍게 공수를 교환해야 할지…….

혁준의 머릿속은 복잡하게 흘러간다.

"왕이시여. 부디 무기를 거두어 주세요."

그녀는 가슴에 오른 손을 올린다. 그리고 공손한 자세로 한쪽 무릎을 꿇었다.

"예전에 말씀드린 적이 있지요? 저는 당신의 편이랍니다."

"지금 그 말을 믿으란 건가?"

혁준은 기가 차서 소리쳤다. 하지만 미스트라는 조금도 망설이지 않고 말했다.

"저를 못 믿으시겠다면, 그 검으로 제 목을 치세요. 당신이 바라는 것이 그것이라면 저항하지 않겠어요."

그녀는 이내 눈을 감고 고개를 깊게 숙인다. 하얀 목덜미가 무방비하게 드러났다.

혁준의 손아귀에 힘이 드간다. 단 한번만 휘두르면, 그녀는 더 이상 산 사람이 아니다.

'쯧….'

이내 혀를 차는 강혁준.

결국 무기를 거두고 말았다.

Part 106 : 통합

무기를 거두자 그녀는 자리에서 일어섰다.

'계산된 행동이군. 뱀처럼 교활하다.'

혁준은 굳이 항복한 상대를 베어 버리는 성격은 아니다. 그리고 미스트라는 그 점을 알고 있는 듯 했다.

"너는 디엔과 한 통속인줄 알았는데."

영혼이 빨려나가 절명한 티엔을 보면서 말한다. 죽기 전 어마어마한 고통이라도 받았는지, 그의 표정은 크게 찡그러져 있었다.

"틀린 말이 아니에요. 저와 티엔은 악신 탈리카의 권속이었지요."

너무 쉽게 인정 해버린다. 방금 그 발언을 증거삼아 그녀를 고발할 수도 있었다.

"……."

혁준은 그녀를 노려보았다.

"그렇게 무섭게 저를 타박하지 마세요. 저에 대해서 궁금한 점이 있다면 얼마든지 대답해드릴테니."

두 손을 마주 잡으며 말한다. 하얀 날개와 아름다운 미모 덕분일까? 오히려 강혁준이 무고한 그녀를 괴롭히는 것처럼 보일 지경이다.

"무슨 속셈이지? 이제 와서 이런 짓을 벌인 이유가 뭐야?"

"살아남기 위해서죠. 낡은 집을 버리고 안전한 곳으로 이주한 것뿐이랍니다."

말인즉슨, 무사 안일주의가 그녀의 모토라는 거다.

"탈리카는 교활하고 욕심이 많은 신이죠. 설사 애머른을 통째로 바친다할지라도, 그는 만족하지 않아요."

혁준은 그녀의 눈을 들여다보았다. 그녀가 어떤 마음으로 저런 이야기를 하는지 가늠하기 위해서였다.

"당신은 젊고 유능해요. 어떤 위기와 어려움도 당신은 너무 쉽게 파훼하지요. 제가 당신의 편에 합류하지 않을 이유가 없지요."

"그딴 궤변은 듣고 싶지 않아."

혁준은 화가 나려고 했다. 실리파와 주화파는 꽤나 골치를 주었다. 암살 사건이 있었고, 지원을 끊어서 주전파의 세력을 약화시키려고 했다. 그리고 힘들게 점령한 네크로시티를 빼앗겼다.

"어머… 겨우 그런 일로 화가 나셨나요? 통합을 위해서 필요한 일이었어요. 아무런 실적 없이, 당신이 왕이 될 수 있었을까요?"

그녀는 고개를 갸우뚱거리며 묻는다.

"덕분에 당신은 명분을 얻었어요. 애머른의 시민들은 당신을 지지하고 있어요. 실리파는 이제 당신의 눈치만 보고 있고요. 주화파의 티엔은 이제 죽었으며, 저는 당신에게 충성을 맹세하고 있지요. 이보다 더 좋은 일이 어디 있을까요?"

"……."

"그리고 한 가지 더 붙여서 말하지요. 제가 최선을 다 했다면, 그리 쉽지 않았을 거랍니다."

그것은 절대로 허언이 아니었다.

강혁준은 오랜 기간동안 많은 적과 싸웠으며 승리를 이끌었다. 그러면서 얻은 경험과 연륜이 알려주고 잇었다. 미스트라는 강력한 능력과 힘을 가진 존재라는 것을.

"그거 참, 봐줘서 고맙군."

혁준은 비꼬는 어투로 말한다.

"왕이시여. 저는 꽤나 유능하답니다. 저의 쓰임새를 인정해주세요. 어떤 일이라도 성심성의껏 모시겠어요."

고혹적인 미소를 지으며 미스트라가 말한다. 혁준은 잠시 침묵을 지키다가 말을 이었다.

"너의 능력. 그건 대체 뭐지?"

미스트라는 티엔의 영혼을 제거해버렸다. 그것은 매우 충격적이었으며, 난생 처음 보는 것이었다.

"뒤늦게나마 제 소개를 해야겠군요. 저는 '영혼을 수확하는 자'랍니다."

"영혼?"

"네. 모든 살아있는 생명체에게는 영혼이 있답니다. 그리고 저는 그것에 '간섭'을 할 수 있지요."

그녀는 차근차근 걸어 나간다.

박살이 나버린 치에신 암살자의 잔해로 다가간 것이다.

"이들도 모두 저의 작품이랍니다. 육체가 깨어지면 영혼은 빠져나가지요. 하지만 저의 간섭이 있다면 말 그대로 죽지 않은 몸이 될 수 있어요."

그녀는 손을 내밀었다. 어떤 '조처'를 취한 것일까? 펄떡거리는 심장을 비롯한 그녀의 잔해가 비로소 움직임을 멎었다.

"잔인하군."

혁준은 그렇게 말했다. 죽음조차 허락하지 않는 비술이

라니. 하지만 태연하게 말하는 이는 그녀였다.

"이미 한번 죽었던 사람들이에요. 후후훗. 혁준님은 의외로 정이 많으신 분이군요."

"죽음은 그것만으로 존경 받을 가치가 있다. 사자를 모욕하지 마라."

적이라고 할지라도 필요 이상의 고통을 줄 필요는 없다. 오히려 압도적인 무력을 이용해서 적의 싸울 의지를 꺾는 것이 혁준의 주된 싸움법이기도 하다.

"알겠습니다."

미스트라는 손짓을 한다. 그러자 암살자들의 움직임이 모두 멈춘다. 혁준이 살펴보니 숨을 쉬지 않고 있었다.

"그렇군. 분명 비세스는 내 손에 죽었지. 그걸 되살린 건 너의 솜씨였군."

"정확하답니다. 후훗."

"칭찬하는 건 아니야. 미스트라."

혁순은 팔짱을 꼈다. 그녀의 정체가 한꺼풀 벗겨지긴 했다. 그리고 투항의사를 밝힌 것도 나쁘지 않다. 하지만 한번 배신한 자가 또 다시 배신하지 말란 법도 없다.

"너에 대한 처우는 후에 결정하겠다."

미스트라를 일난 구속시키기로 마음 믹있다. 그리고 아군의 의견에 따라 그녀의 미래를 결정하기로 마음 먹었다.

✣

 티엔의 죽음, 그리고 미스트라의 투항으로 애머른은 온전히 주전파의 것이 되었다. 무소불위의 권력이 손에 들어온 셈이다.

 "축하드립니다."
 "이로서 우리의 계획에 한발 더 가까이 가게 되었군요."
 "축하합니다."
 주전파의 의원들이 인사를 건넨다. 그리고 누구보다 흐뭇한 표정을 짓는 사람이 있었다.

 바로 루카였다.
 '역시 내 눈은 틀리지 않았어. 오로지 그만이 악신의 손아귀에서 우리를 구원해줄 분이야.'

 처음에는 많은 반대가 있었다. 특히 바하루는 입에 침을 튀겨가면서 저항했다. 중간에서 루카가 중재하지 않았더라면, 아마도 그 전에 주전파라는 배는 전복되었을지도 모른다.

 "모두 여태까지 잘 따라와주었습니다. 허나 이제부터 한층 더 험난한 가시밭길이 열려 있습니다."

 혁준은 모두를 바라보며 말했다. 그들의 주적이라고 할 수 있는 이는, 바로 4대 악신이다.

 불신론자의 힘은 점차 커져서 이제는 만만치 않은 세력

으로 급부상했다. 그렇다고 기존의 세력들을 모두 상대할 만큼은 아니었다. 만약 두 세력이 합세한다면 불신론자의 세력은 모래성처럼 무너질 것이다.

"어쩌면 희생이 뒤따를지도 몰라요. 아니 분명 그렇게 될 겁니다. 그리고 꼭 우리가 원하는 결과가 나오지 않을 수도 있지요."

여태까지 달콤한 성공에 모두 취해 있었다. 강혁준은 그 점을 꼬집고 있는 것이다. 많은 사람들은 연전연승하는 강혁준에게 어떤 환상을 품고 있었다.

'한 번의 패배로 그것이 모두 물거품처럼 사라지를 수도 있지.'

회귀 전, 강혁준은 패배를 모르는 사나이였다. 하지만 단 한번 패배를 했고, 그것이 혁준의 모든 것을 앗아갔다.

"그런 머리 빈 애송이와 같은 취급은 곤란하네."

그것에 태클을 거는 사람이 있었다. 실질적인 장인어른이라고 할 수 있는 야력이었다. 그는 오랜기간 군대를 통솔했다. 그는 노장으로서 다양한 전투를 경험했다. 멋지게 승리한 적도 있지만, 꼬리를 엉덩이 말고 패배한 적도 있었다.

"부담감을 가실 필요 없습니다. 당신을 따르는 것은 저의 의지니까요."

모슬헨이 자신의 가슴에 주먹을 두드리면서 말한다.

"흥…… 처음부터 큰 기대를 하지 않았다구. 그러니까 그런 이상한 소리를 집어치워!"

바하루는 딴 곳을 쳐다보면서 말한다. 처음에는 많이 삐걱거렸지만, 이제는 그도 강혁준을 인정하고 있었다. 하지만 말로 표현하려니 어색해서 저렇게 쌀쌀맞게 말을 한 것이다.

그 외에 나머지 의원들도 강혁준의 지지를 천명했다.

"좋습니다. 이미 내딛은 걸음이지요. 함께 끝까지 가봅시다."

⁂

회의는 계속 진행이 되었다. 모슬헨이 먼저 화두를 꺼내었다.

"애머른은 이제 우리의 것이 되었습니다. 하지만 바꾸어야 할 것이 많습니다. 제일 먼저 손을 봐야 할 것은 바로 권력 구조입니다."

애머른은 12인의 의원이 권력을 나눠가지는 형식이었다. 그 때문에 많은 파벌이 생겨났고, 어떤 일을 결정하는데 시간이 걸렸다.

"우리의 본래 계획은 왕을 추대하려는 것이 아닌가? 황금을 녹여서 멋들어진 왕관을 만들게. 그리고 왕좌에 그를 앉히면 될 일이야."

야력은 간단하게 말했다. 하지만 호민관 시온은 반대를 했다.

 "다만 그건 많은 이의 반감을 불러올 수 있어요. 너무 급진적이란 말입니다."

 혁준이 왕이 되는 것을 반대하는 것은 아니다. 하지만 그 시기의 문제였다. 통합으로 인해서 지금은 진통을 겪고 있었다. 그것을 굳이 확대 재생산할 필요는 없었다.

 "저에게 한 가지 생각이 있어요."

 루카가 손을 들고 말했다. 모두의 시선이 그녀에게 꽂혔다.

 "지금 유지되고 있는 12인의 의회체제는 그대로 두도록 하지요. 그리고 투표를 통해서 새로운 집정관을 뽑도록 해요."

 집정관은 여태까지 명예직으로만 존재했던 자리였다. 큰 전쟁이 벌어지면 전체를 아우르는 군사지휘권이 필요하다.

 의회는 투표를 통해서 한 명의 의원에게 그 군사지휘권을 양도했다. 그것과 동시에 1년간의 명예직인 집정관을 부여한 것이다.

 "그것 좋군. 실리파 놈들도 자리를 지켜준다고 하면 기뻐할 것이야. 빈대로 필요한 권력을 모두 선점할 수 있는 효과도 있고."

 야력은 찬성했다.

다른 이들도 루카의 말에 고개를 끄덕인다. 듣고 보니 묘안으로 느껴진 것이다. 다만 1년 한정기간이 아니라 종신직의 형태를 띄게 될 것이었다.

"어떻게 생각하나요?"

루카가 혁준을 바라보며 말한다.

"모두가 찬성한다면, 나도 그걸 따르지."

다음 의회 때, 새로운 집정관을 뽑는 투표가 실행될 것이다. 당연 그 결과는 이미 정해진 것이나 다름없지만.

"좋습니다. 그럼 다음 의제로 넘어가지요."

모슬헨은 박수를 가볍게 두 번 쳤다. 그러자 미리 준비한 듯이 문이 열리고 죄수 하나가 들어왔다. .

"안녕하세요. 미스트라양. 이렇게 만나게 되어서 유감입니다."

모슬헨은 고개를 숙인다. 적아를 떠나서 미스트라의 가지는 영향력은 무시 못할 수준이었다. 강혁준에게 투항한 후, 일단 그녀는 포로로 잡힌 상태였다.

죄목은 내란죄였다. 국가를 전복하거나 내부로부터 위태롭게 만든 책임을 그녀에게 물었던 것이다.

"어쩔 수 없지요. 제가 죄를 지은 건 부정할 수 없으니까요. 다만 상태가 이래서, 정중한 인사를 드리지 못한 점 양해 드려요."

그녀의 가녀린 몸은 무거운 구속구로 뒤덮여 있었다.

마력을 모을 수 없도록 특별 제작된 마도구로서 만드는데 들어간 황금만 하더라도 수백kg에 해당한다.

'그것만으로도 안심할 수 없지만.'

미스트라의 숨겨진 능력을 알고 난 후, 모슬헨은 좀처럼 마음이 놓이지 않았다. 영혼을 다루는 능력자라니, 이해불가의 영역이었다.

'쯧……'

반면에 강혁준은 작금의 상태가 마음에 들지 않았다. 그녀의 능력이 범상치 않다는 점은 알고 있다. 하지만 그렇다 하더라도, 너무 과한 처사라고 보여진 것이다.

'마음에 안 들지만 어쩔 수 없지.'

Part 107 : 결혼식

 모슬헨을 비롯한 몇몇은 과도하게 그녀를 견제하고 있었다.

 "오늘은 당신의 처분에 대해서 결정하고자, 이렇게 자리를 마련했습니다."

 그녀의 능력을 생각해볼 때, 같은 편이 된다면 무척이나 큰 도움이 될 것이다. 그뿐만 아니라 수십년간 그녀는 의원직을 훌륭하게 수행했다.

 능력만 생각한다면 그녀를 이대로 내치거나 처벌하는 것은 아깝다는 점이 있다.

 '그렇다고 내 마음대로 처분을 내릴 수는 없지.'

 최고 결정자는 강혁준이다. 다만 그런 이유로 납득하기

어려운 결정을 내리는 것은 지양해야 한다.

"모두 아시겠지만, 오늘 그녀의 처분을 결정할까 합니다. 아무쪼록 자신의 의견을 말씀해주세요."

먼저 말문을 연 것은 야릭이었다.

"볼 것도 없다. 그녀는 죗값을 치러야 한다."

화가 단단히 난 표정이다. 그럴만도 한 것이 암살로 인해 소중한 부하를 잃은 적이 있었다. 그가 분개하던 모습이 아직도 혁준의 뇌리에는 선했다.

하지만 곧이어 반대 의견이 나왔다. 바로 호민관 시온이었다.

"물론 그녀의 허물이 크다는 것은 압니다만. 그녀는 투항했습니다. 적어도 그 점은 참작해야 하지 않을까요?"

시온의 뛰어난 정치가였다. 그리고 시류를 읽는 눈이 매우 뛰어나다.

'대놓고 이야기 하지는 못하지만, 혁준님은 미스트라를 아군으로 끌어들이고 싶어해. 이쯤에 내가 도와주는 것이 옳다.'

바하루는 이를 들어내면서 말했다.

"한 번 배신한 자는 언제라도 배신합니다. 등을 맡길 수 없는 아군은 차라리 없는 것이 좋습니다."

야릭과 바하루는 적극적으로 미스트라를 배척했다. 반면에 모슬헨과 시온은 그녀를 받아들이자는 입장이었다.

이번에는 루카가 나서서 간절한 목소리로 말했다.

"우리는 적이 많아요. 입맛대로 그녀를 내치기에는, 미래를 생각해야 할 때입니다."

막강한 적이 산적해있다. 그런 이들과 전쟁을 치르다보면 당연히 포로 문제에 직면하게 될 것이다. 그 때마다 포로의 목을 쳐 버리면 결국 그 누구도 항복하지 않을 것이다. 쉬운 길을 두고 매번 어려운 일과 마주해야 할지도 모른다.

루카는 그 점을 조목조목 설명했다.

"악신을 제외한 다른 이들과는 상생의 길을 걸어야 해요. 그래야만 우리에게 승산이 있어요."

그녀는 자신의 발언을 마쳤다. 미스트라는 고마운 눈빛을 루카에게 보내었다. 루카는 그저 작게 고개를 끄덕이는 것으로 마무리했다.

몇몇 이들이 각자의 의견을 피력하며 얼추 발언시간이 끝났다.

'이대로 투표로 결정해도 되지만……'

그렇게 하지 않도록 했다. 혁준은 자리에서 일어났다. 그리고는 굳건한 표정으로 말했다.

"미스트라를 우리 진영으로 받아들이겠습니다. 그 점은 이미 결정을 내렸으니, 더 이상의 반론은 받지 않겠습니다."

혁준은 강력하게 말했다. 야릭과 바하루는 불만이 있는 표정이었다. 하지만 결국 수긍을 한다.

"알겠네."

야릭은 짧게 말했다. 마음에 들지 않지만, 조직의 기강을 위해서 한발 물러선다는 느낌이다.

혁준이 간수들에게 눈짓을 보낸다. 뜻을 이해한 간수들은 미스트라의 구속구를 하나씩 풀기 시작했다.

쿵… 쿵쿵….

구속구의 무게만으로 땅이 패일 정도다. 그걸 아무렇지 않게 버티는 미스트라의 능력도 범상치 않다.

'육체 능력도 제법 있다는 뜻이군.'

"모슬헨!"

"넵."

"그녀의 신변은 너에게 맡기겠다."

"알겠습니다."

그녀가 비록 진영을 바꾸었다 하더라도, 중책을 맡길 수는 없다. 오늘부로 그녀는 모슬헨 산하에 들어가게 되는 것이다.

예전에 의원이었던 것을 생각하면, 엄청난 몰락이라고 할 수 있었다. 하지만 미스트라는 무릎을 꿇고 이렇게 말했다.

"힘든 결정을 내려주셔서 감사해요. 이 은혜는 잊지 않고 꼭 갚도록 하겠어요."

이로서 미스트라의 처분이 완료되었다. 혁준은 오늘 한 결정이 후에 어떤 결과로 되돌아올지 짐작조차 할 수 없었다.

⚜

그 이후, 비교적 사소한 안건들로 회의가 이어졌다.

"흠. 다뤄야 할 문제는 여기까지입니다. 따로 할 이야기가 있으시다면, 지금 해주시길 바랍니다."

모두가 침묵을 유지한다. 이대로 회의가 끝나기 전, 강혁준이 입을 열었다.

"여러분에게 한 가지 알려드릴 일이 있습니다."

강혁준은 무리의 수장이다. 자연스럽게 모두의 시선이 그에게 집중된다.

"루카."

"네."

"이리로 와봐."

갑작스런 그의 부름에 루카는 그에게 다가간다. 약간 어리둥절한 표정을 지으며 말이다.

혁준은 손을 내밀어 그녀의 손을 잡는다. 그리고 가까이 그녀를 당긴다.

'으음? 왜 그러시지? 보는 눈도 많은데.'

약간 부끄럽다. 하지만 혁준은 한술 더 뜬다. 그녀의 어깨에 손을 올린다. 그리고 자신의 품에 강하게 밀착시켰다.

"다들 아시다시피, 저와 루카는 약혼했습니다. 하지만 결혼 날짜는 잡지 않았지요. 아무래도 해야 할 일이 너무 많았기 때문이었지요."

모두가 고개를 끄덕인다.

다사다난했던 한 해였기 때문이다.

"고대하던 애머른의 통합을 이루었습니다. 그러니까 더 이상 길일을 미룰 필요가 없지요. 그래서 오늘 발표하고자 합니다. 한달 후, 그녀와 결혼식을 열 생각입니다."

혁준은 그렇게 말하고는 루카에게 작게 윙크를 한다. 나름 그가 준비한 서프라이즈였다. 물론 루카는 크게 감동 해 버렸다.

"……."

아버지의 이상을 물러 받은 후, 루카는 스스로의 삶에서 한발자국 벗어난 길을 걸었다. 주변의 민류에노 불구하고 오로지 목표만을 향해서 달려온 것이다.

그렇지만 내심 그녀 역시 단란한 가정을 이루고 싶었다. 한 남자의 사랑을 독식하고 싶은 욕구가 늘 마음 한켠에 자리하고 있었다.

"축하드립니다."

"경사가 겹치는군요."

주변 인물은 진심으로 축하 인사를 건넨다. 하지만 그 누구보다 박장대소하는 이가 있었으니 바로 야릭이었다.

"하하하… 잘 생각했다. 언제까지 뜸을 들이는지, 기다리다가 지치는 줄 알았다."

루카의 등이 들썩거린다. 가만히 보니 커다란 눈망울 사이로 눈물이 아롱진다.

한 방울, 두 방울, 그것은 볼을 타고 흘러내리기 시작했다.

놀란 강혁준은 그것을 보고 말했다.

'내가 잘못한 건가? 역시 미리 말해야 했던가?'

기뻐할 줄 알았는데, 눈물을 보이는 모습이라니. 생각했던 반응과 반대이자, 혁준은 걱정스런 기색으로 물었다.

"루카? 혹시 내가 너무 성급했던 거야?"

조심스럽게 물어보는 혁준. 그제서야 그녀는 자신의 상태를 알았다.

"아… 미안해요."

소매로 눈물을 닦는다. 하지만 이상하게 계속 흘러나온다.

"으음…."

평소의 강혁준은 냉정하고 거침없는 사람이다. 그런데 지금은 당황하고 있었다.

그 역시 피와 살로 이루어진 사람이었다. 사랑하는 그녀의 모습에 혁준은 두 손을 어떻게 해야할지 모르고 있었다.

"미안해요. 너… 너무 기뻐서."

루카가 겨우 마음을 추스리고 자신을 돌아보았다. 왜 이렇게 눈물이 나는지에 대해서.

혁준과 루카는 서로 약혼을 했다. 하지만 그것은 서로 필요에 의한 것이었다. 루카는 가끔 자신의 이상을 이루기 위해 혁준의 의지와 상관없이 결혼을 요구하고 있다는 생각에 시달렸다.

그것은 시간이 갈수록 점점 강해졌으며, 어쩔 때에는 그 생각만으로 밥이 목구멍으로 넘어가지 않았다.

허나 그것은 그녀의 기우에 불과했다. 강혁준은 늘 그녀를 생각하고 있었다. 그렇기에 공식석상에서 서프라이즈로 결혼을 발표한 것이리라.

무엇보다 지금 당황해하는 모습을 보면 알 수 있었다. 늘 근엄하고 냉철했던 강혁준이 울고 있는 루카를 어떻게든 달래기 위해서 노력하고 있지 않은가?

"고마워요. 그리고… 그리고……."

그리고 그녀는 입술을 열어서 말하려 했다.

'사랑해요.'

혁준의 귀에는 아무 소리도 들리지 않는다. 지척에 있지만, 입 모양을 보고 나서야 그녀의 말을 짐작할 수 있었다.

'나도.'

혁준은 그녀가 사랑스러워서 견딜 수가 없었다. 그 역시 입 모양으로 그녀에게 자신의 의사를 전했다. 그리고 오른손으로 그녀의 턱을 어루만졌다.

"……."

결국 모두가 보는 앞에서 그녀와 진하게 키스를 해버린다.

"허어…."

"이거 참."

몇몇 고지식한 데빌은 헛웃음을 터뜨린다. 혹은 시선을 돌리거나.

반면에 모슬헨은 먼저 나서서 박수를 친다.

짝짝짝…

하나 둘, 다른 이들도 혁준과 루카의 결혼을 축하하는 마음에 박수를 쳐주었다. 뒤늦게 자신의 추태를 알아차린 루카의 얼굴이 크게 붉어졌다.

"젠장…."

바하루는 주먹을 꾹 쥔다.

'누나…. 잘 가요.'

어렸을 때부터 사모하던 누이였다. 그녀는 그저 치기어린 동생으로 생각하지만.

허나 지금 그녀의 행복한 표정을 보고 그는 깨달았다. 루카가 사랑하는 이는 바로 그녀의 곁에 있다는 사실을.

바하루는 눈물을 머금고 마음속으로 누이를 떠나보냈다.

⚜

결혼 준비는 착실하게 진행되었다.

그녀의 손에 이끌린 강혁준은 하루종일 보석상과 옷집을 들락거려야 했다.

"이 옷은 어때요?"

흰색의 드레스였다. 하지만 강혁준은 패션에 대해서는 까막눈이나 다름없다. 무거워 보이는 장식이랑 프릴(frill)이 과도할 정도로 많이 달렸다는 정도?

"응. 무척이나 어울리는데?"

혁준은 일단 그렇게 말했다. 하지만 그녀는 만족하지 못한 모양이다.

"너무 수수한 것 같아요. 다른 것도 입어볼게요."

직원의 도움을 받아서 다른 옷을 입으러 간다.

"하아…"

강혁준은 의자에 앉아서 천장만 바라본나. 자라리 수만 군대와 마주서는 것이 훨씬 편하게 느껴질 정도다.

얼마 있지 않아서 다른 드레스를 입고 오는 그녀.

"이번에는 어떤가요?"

눈을 반짝이며 물어보는 루카였다. 깅혁준은 여전히 똑같은 말을 하고 말았다.

"정말로 아름다워. 거짓말이 아니라니까."

강혁준은 굳이 하지 않아도 되는 말을 덧붙였다. 하지만 루카는 고개를 저었다.

"이건 너무 색깔이 칙칙한 것 같아요. 잠시만요."

그녀는 얼른 다음 옷을 고르러간다.

"아아……."

혁준은 결국 자신의 머리를 붙잡고 만다.

수 시간 후,

"점주에게 미안한 이야기지만, 쓸만한 옷이 거의 없어요."

"그… 그런가?"

"네. 아무래도 내일은 다른 곳으로 가야할 것 같아요."

강혁준은 마음속으로 비명을 질렀다.

'맙소사.'

처음 그녀와 함께하는 시간이 나쁘지는 않았다. 하지만 쇼핑을 시작한지 단 세시간만에 그 생각은 멀리멀리 날아가고 말았다.

"이제 결혼 반지를 맞추러 가요."

문제는 아직도 고난이 끝나지 않는다는 점이다.

'아… 즐거워.'

생동감 넘치는 그녀의 모습에 결국 혁준은 부정의 말을 꺼낼 수 없었다.

평생의 단 한번뿐인 결혼식이다. 결혼을 준비하는 과정도 그녀에게는 그 무엇보다 소중한 추억이리라.

'그걸 방해할 수는 없지.'

혁준은 힘 없이 그녀에게 끌려가며 억지로 미소를 지었다.

"하… 하하… 결혼 반지라. 정말 기대가 되는 걸?"

입가에 경련이 일어나는 것 같았다.

Part 108 : 첫날밤

한 달이라는 시간은 쏜살 같이 흘러갔다.

그리고 결혼식 당일.

식장에는 많은 하객들로 가득 찼다. 전무후무한 권력자의 결혼식이다. 잠깐이라도 눈도장을 찍기 위해서 어떻게든 얼굴을 비쳐야 하는 것이다.

"매형, 괜찮습니까?"

모슬헨이 다가온다. 그는 약간 걱정스런 기색으로 말했다.

"그럭저럭."

혁준은 어깨를 으슥거리며 말했다.

"어쨌든 축하드립니다."

"이미 축하 인사는 지겹도록 받았다."

곧 이어 유지들이 식장에 참여한다. 그들은 예물이랍시고 금은보화를 가지고 왔다.

차르르륵….

노린 것은 아니지만, 제법 많은 재물이 들어왔다.

'나중에 군자금으로 써야겠군.'

시간이 흘러 식이 시작되었다.

"어머나…."

"신부를 봐. 너무 예쁘지 않아?"

여성 하객들의 감탄하는 소리가 여기저기서 들려온다. 감각이 예민한 강혁준의 귀에도 역시 그것이 들렸다. 이윽고 신부가 모습을 드러냈다.

'……'

혁준은 자신도 모르게 턱에 힘이 빠졌다. 사람마다 다르겠지만, 대개 인생에 한 번 있는 결혼식이다. 그렇기에 루카는 말 그대로 영혼을 다해서 오늘을 준비했다.

웅성웅성….

특히 남성 하객들은 짝이 있음에도 루카를 넋 잃고 쳐다보았다.

루카의 웨딩드레스는 화려하면서도, 강렬했다. 어깨가 드러나는 드레스라서 쇄골과 가슴골이 드러났다. 본의 아니게 눈이 그곳으로 쏠리게 만들었다.

짙은 눈화장은 아니었지만, 강렬한 느낌을 준다. 희미하게 미소를 짓고 있었는데, 이 순간을 만끽하는 것처럼 보였다.

그녀는 천천히 혁준의 곁으로 다가왔다.

"뭘 그리 쳐다봐요?"

그녀는 약간 퉁명한 목소리로 말했다. 하지만 강혁준은 이렇게 말을 할 수밖에 없었다.

"당신 같은 사람이 내 여자라니. 너무 감격스러워서. 나 정말 복 받은 사람인가봐."

그의 말에 루카의 뺨이 약간 붉어졌다.

"농담도 잘 하시네요."

그리 싫지는 않은 기색이다. 혁준은 자신의 한쪽 팔을 내어주었다.

"자 가볼까?"

그녀는 수줍게 고개를 끄덕인다. 함께 팔짱을 낀 둘은 붉은 카펫을 밟으며 앞으로 나아갔다.

짝짝짝…

많은 이들이 축하의 박수를 쳐준다.

주례사가 이어지고 혁준과 루카는 서로를 마주보았다.

"나는 무뚝뚝하고 멋 없고, 그리고 싸움만 할 줄 아는 녀석에 불과하지만, 누구보다 널 사랑할게."

그의 말에 루카가 받아들였다.

"저는 나이는 많고 애교도 적어요. 재미 없는 여자라고 생각할지도 몰라요. 하지만 당신을 믿고 따르겠어요."

마지막으로 혁준의 양손을 그녀의 어깨에 올렸다. 그러자 그녀는 두 눈을 감았다.

그리고 입맞춤이 이어졌다.

서로의 마음을 확인한 후, 둘은 부부가 되었다.

✣

첫날밤.

혁준은 침대에 누워서 그녀를 기다리고 있었다.

끼이익….

문이 열리는 소리가 들린다. 그리고 그곳에는 첫날밤에 긴장하고 있는 새색시가 서 있었다.

"부끄러워요오…."

선뜻 다가오지 못하고 말한다.

'꿀꺽.'

혁준은 자신도 모르게 침을 삼켰다. 사뿐게 목욕을 하고 나온 그녀는 묘하게 색기가 넘쳤다.

그녀의 몸을 가리고 있는 것은 조그만한 수건이 전부였다. 굳이 확인해보지 않아도 혁준은 알 수 있었다. 그 조그만한 천 조각 외에는 아무것도 입고 있지 않다는 것을.

"……"

그녀는 고개를 옆으로 돌린다. 아마 지금 이순간이 어색한 모양이다.

혁준은 벌떡 자리에서 일어났다. 약혼은 했지만, 일부러 관계까지는 가지지 않았다.

루카는 의외로 그런 부분(?)에서는 저항감을 가지고 있었다. 그저 가벼운 스킨십에도 눈을 질끈 감거나, 몸을 떨었다.

마음만 먹으면 몇 번이나 할 수 있었지만, 어쩌다보니 오늘까지 그녀의 순결을 지키게 해준 것이다.

"하기 싫으면 안 해도 좋아."

대부분 여인은 첫 경험에 두려움을 느낀다. 내심 오늘을 기다리고 기다렸지만, 일단 그녀를 배려해주는 척 말한 것이다.

"아니에요."

그녀는 두 손을 꾹 쥔다. 아무래도 스스로 용기를 내기 위해 하는 행동인 모양이다.

'휴 다행이네.'

내색하지는 않았지만, 첫날밤은 아무 일도 없이 보내고 싶지는 않았다. 회귀 전이야 수 많은 여성과 뜨거운 밤을 보낸 경력이 있지만.

이번 생은 아직 강혁준도 숫총각이었다. 그 덕분일까? 아랫부분이 뻐근하게 느껴진다.

혁준은 그녀에게 다가가서 단번에 들어올렸다. 이른바 공주님 안기였다.

"어맛······."

갑작스런 행동에 놀라는 루카.

"싫어?"

"아니요. 그저 갑자기 그러니까···."

혁준은 그녀를 앉고 침대가 있는 곳으로 향했다. 혁준은 그녀를 침대위로 가볍게 던졌다.

동시에 그녀의 몸을 가리던 천 조각이 미끄러진다. 의도치 않게 노출을 하고 마는데.

혁준은 짧은 순간이지만 즐거운 눈요기를 할 수 있었다. 그녀는 얼른 그 천조각으로 자신의 가슴을 가렸다.

"불 꺼주세요오···."

"싫은데?"

"하지만···."

혁준은 덮치듯이 그녀의 몸 위로 올라탔다.

"이렇게 보기 좋은데? 왜 감추려는 거야?"

혁준은 그렇게 말하고 그녀의 목덜미에 작게 키스를 했다.

"하아앗···."

마치 감전이라도 된 것처럼. 그녀의 몸이 움찔거린다.

"진짜··· 부끄럽단 말이에요."

"안 돼. 그건 내가 절대 반대야."

"우웃···."

그녀가 말을 더 하기 전에 혁준은 입맞춤으로 그녀의 입을 막아버렸다. 단단한 치아와 혀 안의 돌기가 느껴진다. 타액을 교환하는 것만으로 열기는 점점 뜨거워진다.

혁준은 점점 손을 아래로 내려간다. 그리고….

"하으윽…."

입맞춤을 그만두고 그녀가 신음을 흘린다. 아무래도 그녀에게는 너무 강한 자극이었던 모양이다.

"루카…."

혁준은 그녀를 바라보며 말했다.

"하아… 드… 듣고 있… 어요오…."

"사랑해."

한 마디의 단어였지만, 그녀를 무장해제 시킨다. 그녀는 달뜬 표정을 지으면서 대답한다.

"저도…."

이 밤이 지나려면 많은 시간이 지나야 한다.

혁준은 마음 먹었다. 무슨 일이 있더라도 그녀를 쉽게 잠재우지 않을 것이라고.

✤

침대 위에 두 인영이 있었다.

그 둘은 태초의 아담과 하와처럼 아무것도 입고 있지

않았다.

"하아… 하아…."

루카는 마치 전력질주라도 한 듯이 숨을 몰아쉬고 있었다.

뛰어난 전사인 강혁준은 절대 지치는 법이 없다. 반면에 루카는 밤새도록 쉬지 않고 시달렸다. 땀으로 침대가 흥건히 젖어 있을 정도였으니까.

'처음인데도 그렇게나 느끼다니.'

둘의 속궁합은 기막히게 좋았다. 보통 첫 경험은 몸이 굳게 마련이건만. 마치 옹달샘처럼 끊임 솟아오르는 윤활유 덕택에 오랜 시간 즐거움을 유지할 수 있었다.

"괜찮아?"

옆에서 물어본다. 루카는 작게 고개를 끄떡이며 말했다.

"네."

"아프지는 않았어?"

"네. 처음에는 조금 아팠는데. 이내 괜찮아졌어요."

어쩌면 종족이 달라서 그런 것일지도 모른다.

"그래?"

혁준은 성큼 그녀의 얼굴 가까이 들이대었다.

"그럼 한 번 더 할래?"

"네? 진담은 아니죠?"

그녀가 놀란 얼굴로 말했다. 그렇게나 했는데도 혁준은 만족을 모르는 것 같았다.

"싫으면 관두고."

혁준은 약간 토라진 표정으로 말한다. 다 큰 어른이 그렇게 말하니 귀엽게 느껴지기도 한다.

결국 그녀가 먼저 혁준의 손을 잡았다.

"딱 한 번만 더 해요."

"알았어."

혁준은 금방 미소를 지으며 그녀를 덮쳤다.

"꺄악."

혁준의 갑작스런 돌격에 깜짝 놀란 듯 하다. 하지만 그는 개의치 않고 더욱 치근덕거린다.

말로는 단 한번이라고 했지만, 결국 3번이나 더하고 말았다.

✤

다음날 아침.

밤새 시달린 루카는 침대에 곯아떨어져 있었다.

"내가 너무 심했나?"

혁준은 머리를 긁적거리며 중얼거렸다.

'자중하기에는 너무 기분이 좋았단 말이야.'

남자답지 못하게 루카 탓을 해버리고 만다. 혁준은 이불로 그녀를 덮어주었다. 샤워를 하고 난 뒤, 베란다로 나간다.

"흐음….."

상쾌한 공기를 맡으며 기지개를 편다. 가볍게 스트레칭을 한 후, 다시 방안으로 들어간다. 첫날밤을 보낸 장소는 그녀의 거주지였다.

마음 같아서는 멀리 신혼 여행을 떠나고 싶지만 가진 직책상 그것은 어려웠다. 게다가 어비스는 곳곳이 위험한 곳이라서 즐겁게 바캉스 떠나듯이 즐길만한 곳도 없었다.

단 3일간의 휴식.

의원들과 부하들은 더 휴식을 취하라고 권했지만, 그는 거절했다. 그는 아직 이뤄야 할 업적이 산처럼 쌓여 있었다.

다시 방안으로 들어간다. 루카는 여전히 잠에 빠져 있었다. 가만히 그녀의 얼굴을 들여다보고 있는데, 좋은 생각이 떠올랐다.

문 밖으로 나간다. 지나가는 메이드를 불러서 말했다.

"이곳에 주방이 어디있지?"

메이드는 황송한 표정을 지으면서 안내를 한다. 주방을 책임지는 주방장이 혁준을 맞이한다.

"이런 누추한 곳에 어인 일로 오셨습니까?"

강혁순은 나는 새도 떨어뜨린다는 권력자이다. 새가슴인 주방장은 떨리는 다리를 부여잡으며 말한다.

'혹시 내가 만든 음식이 마음에 들지 않았나?'

별에 별 상상을 펼치는데, 강혁준이 말했다.

"별 일은 아니고. 잠시 주방을 빌렸으면 해서."

"네. 네엣?"

처음에는 수긍했다가 바로 반문한다. 어비스의 상식으로 높으신 분이 직접 요리하는 경우가 없었기 때문이다.

"문제가 되나?"

혁준의 질문에 주방장은 고개를 절래절래 흔든다.

"아닙니다. 그럴리가요. 당장 자리를 만들어 드립지요."

주방장은 곧바로 깨끗한 자리로 안내해주었다.

"원하시는 것이 있다면 바로 준비하겠습니다."

"내가 알아서 준비하지."

그는 식재료실에서 이것저것 고르기 시작했다.

'이건 베이컨 대용으로 쓰면 되겠군. 아 신선한 달걀도 있었네.'

확실한 것은 그것이 닭이 낳은 것은 아니라는 점이다.

'뭐 맛만 비슷하면 되지.'

불을 넣고 후라이팬을 달구기 시작한다. 그리고 계란과 베이컨을 이용한 아침식사를 만들기 시작했다.

마지막으로 향신료를 넣고 아삭 씹히는 야채를 곁들여준다.

"이정도면 훌륭하군."

데몬에게서 방금 짜낸 우유까지.

혁준은 정성스럽게 아침식사를 완성시켰다.

물론 나머지 루카의 고용인들은 안절부절하면서 그것을 지켜보고만 있었다.

'직접 요리를 하시다니.'

'상상도 못했어.'

남이 어떻게 생각하든 말든, 혁준은 작은 상에 담아서 루카의 방으로 돌아갔다.

끼이이….

해가 중천에 뜨려고 한다. 가져온 아침 식사는 침대 옆에 있는 탁자 위에 올려놓았다. 그리고 누워서 자고 있는 그녀의 머릿결을 살며시 만지작 거렸다.

"으음…."

음식 냄새 때문일까? 아니면 혁준의 손길을 느낀 탓일까?

루카가 게슴츠레 눈을 뜬다.

"안녕."

혁준은 인사를 건네었다.

"흐으으음…."

그녀는 기지개를 펴면서 일어났다.

"안녕하세요."

그제서야 혁준의 인사를 받아준다.

Part 109 : 3년 후

"미인은 잠꾸러기라고 하더니만, 당신이 딱 그렇군."

"그게 아니라, 어젯밤 저를 밤새 재워주지 않아서 그렇잖아요."

"하하하…."

혁준은 어설픈 웃음으로 무마하려고 했다.

"음 이게 무슨 냄새죠?"

루카는 주변을 두변거리며 말한다.

"여기, 당신을 위해 준비한게 있지."

침대 있는 곳까지 식사를 가져온다.

"내가 직접 만든 요리야. 입맛에 맞을 거야."

"아랫사람들을 시키지. 직접 하셨다구요?"

혁준은 손가락으로 뺨을 긁었다.

"별거 아니야. 어비스로 오기 전에는, 혼자서 요리를 자주 했거든."

혁준의 권유에 루카도 더 이상 거절하지 않았다.

"이거 맛있는데요?"

"당연하지. 누가 만들었는데."

"당신도 드세요."

"아니. 괜찮아. 이거 만들면서 이것저것 주워먹었거든."

루카는 금세 한 그릇을 비웠다. 그리고 따뜻한 우유로 입가심을 했다.

"식사 고마웠어요."

"얼마든지 말해. 다음에도 만들어줄게."

"후후… 주방장을 실업자로 만들 생각이세요?"

"그것도 나쁘지 않지."

혁준은 그렇게 말하고는 루카의 입술에 가볍게 키스해주었다

"좀 씻어야 할 것 같아요."

어젯밤 치른 일 때문일까? 몸이 땀으로 끈적거리는 모양이다. 몸을 가리고 있던 이불보를 치운다. 동시에 검붉은 그녀의 나신이 드러났다.

"으윽…"

침대에서 빠져나와 걷는 순간, 그녀가 신음을 흘린다.

"무슨 일이야?"

"아무 것도 아니에요."

루카는 그렇기 말했다. 하지만 실상은 그렇지 않았다. 어제 너무 격렬하게 했던 탓일까? 그 영향이 아직도 남아있었다.

⚜

똑똑…

수중기로 인해 욕탕 천장에 물방울이 형성된다. 그리고 그것은 무게를 이기지 못하고 바닥을 향해 떨어진다.

"후우…."

루카는 따뜻한 물이 담긴 욕조에 자신의 몸을 뉘었다. 그리고는 어제 있었던 일을 떠올렸다.

"부끄러워."

관계를 가지는데 있어서 강혁준은 매우 능숙한 편이었다. 그녀는 결국 그가 이끄는 대로 따라가는 것도 벅찼다.

'하지만… 기분은 좋았어.'

처음은 몸이 굳었고, 무섭기만 했다. 하지만 혁준의 노력 덕분일까? 어느 순간부터 루카도 새로운 쾌락에 눈을 뜨고 말았다.

부글부글…

그 때의 감각이 떠오르자 루카의 얼굴이 붉어진다. 그녀는 그만 뜨거운 물 안으로 잠수하고 말았다.

⚜

3일의 휴가는 금방 끝이 났다.

신혼의 달콤함도 잠시, 루카와 혁준은 다시 예전처럼 본연의 직책으로 돌아갔다. 그리고 얼마 있지 않아서 강혁준은 집정관에 선출되었다.

반대는 한 표도 없었다.

국가 통치에 필요한 모든 권력을 가지게 된 것이다. 무엇보다 임페리움이라고 불리는 군사 지휘권이다. 언제든지 그가 원하면 의회의 여부와 상관없이 수십만의 병력을 이끌 수 있었다.

그의 집정관 취임식이 있던 날, 시민들의 환호가 애머른 방방곡곡 울려 퍼졌다. 어비스의 주민은 강자를 열망한다. 그렇기에 콜로세움 같은 오락 산업이 발전한 것이었고.

강혁준은 그런 주민들의 열망을 크게 충족시켜주었다. 그는 불세출의 영웅이었으며, 패배를 모르는 사나이였다.

시간은 빠르게 흘렀다.

강혁준은 경거망동하지 않았다. 불신론자와 동맹군의 힘을 모두 모은다 하더라도, 아직 4대 악신을 이길 정도는 아니었다.

그는 천천히 때를 기다렸다. 그렇다고 두 손 놓고 마냥 기다리는 것은 아니었다.

애당초 애머른은 여러 가지 사회적 문제점으로 성장이 정체되어 있었다.

그랬던 것이 강혁준에 의해 크게 개혁되었다. 인구 문제가 해결되자, 대대적으로 인구 조사가 실시된 것이다.

인구가 정확하게 집계되고, 확실하게 세수를 걷기 시작하자 도시는 날로 부흥해 나갔다. 게다가 강혁준은 징병제를 실시했다.

약간의 반대가 있었지만, 혁준은 강하게 밀어붙였다. 그 덕택일까? 수십만의 병력은 점점 급속도로 불어나기 시작했다.

결국 애머른에서만 백만이 넘는 병력이 주둔하게 되었다. 그 외에 특수 작전을 위한 정예병을 따로 양성하기도 했다.

각고의 노력을 기울이기를 약 3년, 사회 인프라는 굳건해졌다. 경제력, 군사력, 외교까지…….

애머른의 황금기가 열린 것이다.

물론 그동안 혁준은 개인 훈련도 쉬지 않았다. 전쟁 준비도 중요하지만, 강혁준 개인의 무력도 중요하다.

전장에 그가 있고 없고 차이는 천차만별이기 때문이다.

혁준은 꾸준히 정수를 수집했다.

어쩔 때에는 막강한 데몬을 홀로 잡기도 하고, 속을 썩이는 도적단을 소탕하기도 했다.

결국 그의 노력은 빛을 보았다.

집정관이 되고, 3년이 지난 지금······.

강혁준은 드디어 SSS급에 도달했다.

[강혁준]

총합 : SS -> SSS

능력치

근력: 171

체력: 158

인지력: 230

민첩성: 187

마력: 164

물리 내성: 145

마법 내성: 132

혁준은 SSS급을 달성하고, 자신의 강함을 깨달았다. 단순히 예전의 힘을 되찾은 것 이상이었다. 그 때에는 별 쓸만한 스킬이 없었으니까.

하지만 지금은 다르다. 단순히 신체 능력만 올라간 것이 아니기 때문이다. 상황에 알맞은 스킬 한 번으로 상황을 반전 시킬 수 있기 때문이다.

섀도우 복싱이란 것이 있다. 그저 가상의 대상을 만들어서 스파링을 하는 것을 말한다.

혁준은 눈을 감았다. 회귀 전, SSS급이었던 자신을 상상했다.

숫자는 열 명.

곧이어 무자비한 전투가 시작되었다.

일단 장비적인 측면은 오리지날 강혁준의 압승이었다. 프르가라흐의 절삭력은 무엇이든지 갈라버릴 정도였으니까.

그 때문일까? 정면으로 맞서는 가상의 적은 없었다. 하지만 그렇다고 승부가 쉽게 결착나지는 않았다.

콰콰광!

무지막지한 힘으로 땅이 흔들릴 정도였다. 적은 끈질겼다. 작은 틈만 있어도 그 사이를 비집고 들어왔다.

혁준은 낼페티쉬의 역장과 다크 매터로 방어에 집중해야만 했다. 하지만 시간이 갈수록 유효타는 늘어나기만 했다.

'이모탈, 특성이 없었다면 큰일이겠군.'

비록 가상의 적이라 할지라도 혁준은 엄정한 잣대로 자신을 평가한다. 방금 일격으로 제법 큰 상처를 입었다고 보았기 때문이다. 하지만 잠깐이었시민, 기회를 얻었다.

'이볼브 스트랭스.'

마력이 쭈욱 바닥을 드러낸다. 반면에 근력은 미칠 듯이 치솟기 시작한다.

'검으로 적중시키기에는 시간이 부족하다. 그렇다면 맨주먹으로 승부를 봐야 해.'

"흐아압……."

혁준은 허공을 향해서 있는 힘껏 주먹을 휘둘렀다.

후우우웅!

어찌나 강력한지. 풍압만으로 세찬 바람이 옆으로 퍼져 나간다.

'한 명.'

방금의 공격으로 가상의 강혁준 한명의 몸이 물 풍선처럼 터져나갔다. 뛰어난 공격이었지만,

'젠장.'

다만 그 사이에 다크매터를 뚫고 허리를 찌른다. 상황은 다시 반전이 되었다.

'이대로라면 불사라도 결국 맞아 죽는다.'

'이모탈' 스킬은 어떤 상처든 수복할 수 있다. 하지만 그것은 상대가 회복할 시간을 줄 때, 이야기다. 이렇게 쉬지 않고 공격하면 결국 그로기 상태에 빠지게 되고, 그러면 결국 목이 날아가게 마련이다.

이대로 이기는 것은 거의 힘들다. 혁준은 한계까지 아드레날린 러쉬를 사용했다.

"큽…."

부작용이 동반되는 스킬이다. 고작 이런 훈련에서 사용하는 것은 과도한 처사로 보였다.

'어쩔 수 없다.'

강혁준은 실전 같은 훈련을 중요시했다.

한계까지 도달하지 않는 훈련은 필요가 없다는 것이 그의 지론이었다.

그리고 강혁준이 이렇게 가상의 적을 만드는 이유는 간단하다. 그의 진영에서 혁준을 상대할 수 있는 실력자가 전무했기 때문이다.

인지력이 몇 배로 치솟기 시작한다. 이윽고 사건의 지평선이 발동된다.

푸화아악!

그 짧은 틈을 타서 혁준은 가상의 적을 두 명이나 베어 넘겼다.

하지만….

상대도 금세 눈치를 채고 말았다. 남은 일곱 명도 덩달아 이벤트 호라이즌에 도달하고 만다.

세상은 정지한 것처럼 보인다. 바람에 휘날리던 산새초목들도 지금은 미동조차 하지 않는다.

그 와중에도 강혁준은 앞으로 이동한다. 마찬가지로 가상의 적들도 혁준을 향해 다가온다.

평소처럼 빠르게 움직일 수는 없었다. 물리법칙을 가볍게 무시하고 있기에.

그들은 마치 슬로우 비디오처럼 천천히 부딪힌다. 하지만 그 치열함은 그 어느 생사결과 비교해도 부족하지 않았다.

푸카아아!

체력전이 이어진다. 원기를 손상 시킬만큼 위험한 상황이었지만, 강혁준은 멈추지 않았다.

따지고 보면 찰나의 시간이다. 하지만 강혁준에게 있어서 억겁처럼 느껴진다.

머리와 머리가 부딪힌다. 뼈와 살이 갈라지고, 심장이 터질 것 같은 괴로움과 직면한다.

으드드득…

억지나 이를 세게 악물었는지 이빨에 금이 갈 지경이다. 하지만 강혁준은 끝끝내 물러서지 않았다.

쏴아아아아…

혁준을 비롯한 가상의 적들은 동시에 이벤트 호라이즌 상태에서 튕겨나왔다. 서로의 체력 조건이 비슷했기 때문이다.

"후욱… 후욱…."

섣불리 움직일 수 없다. 아니 움직일 여력이 없다는 것이 정확하다. 하지만 강혁준은 마나 리커버리가 있었다.

'마나 리커버리.'

거의 비워버린 마나가 샘솟듯이 차기 시작한다. 그리고 얼마 전에 배웠던 스킬을 사용하기로 마음 먹었다.

'아스타나 블라스터.'

혁준의 양손에 들끓어오르는 에너지가 모인다. 순수한 파괴의 에너지로서 이것에 닿는 것은 순식간에 분자 단위로 해체시켜 버린다.

흠칫!

가상의 적들도 부산하게 움직인다. 일격 필살의 공격이 펼쳐질 것을 예상한 것이다.

'이미 늦었어.'

마나 리커버리를 통해서 짧은 시간이지만, 어마무시한 마력을 제공 받는다. 원래라면 캐스팅 타임이 큰 스킬이지만, 혁준은 마력을 억지로 우겨넣어서 그것을 완성시켰다.

오로지 강혁준만 가능한 사기 콤비네이션인 셈이다.

부와아아아앙!

백색의 줄기가 혁준의 양손에서 터져 나온다. 그것을 피하는 것은 절대 무리였다.

콰콰과과과…

순식간에 가상의 적들을 집어삼켰다. 볼 것도 없이 즉사. 오리지널 강혁준의 승리였다.

'이겼다.'

10명이나 되는 자신을 이겼다. 물론 회귀 전에 자신을 투영한 것이며, 진짜 실전을 벌이면 매번 이런 결과가 나오지는 않을지도 모른다.

그럼에도 강혁준은 기분이 좋았다. 한 단계 벽을 뛰어 넘었기 때문이다.

"후우…."

혁준은 뒤늦게 일어섰다.

주변을 둘러보았다. 운석에 두들겨 맞은 행성과 비슷한 꼴이었다. 크고 작은 크레이터가 생성되어 있었고, 아스타나 블라스터에 의해 저 먼 산에는 터널까지 뚫려 버렸다.

'이정도면 전술급 무기인데?'

일부러 인적이 없는 장소를 골랐기 망정이지. 만약 이곳이 도심부였다면, 끔찍한 피해를 초래했을 것이다.

'이제 움직여야 할 때다.'

더 이상 꾸물거리는 것은 시간을 낭비하는 것이다. 혁준은 주먹을 쥐었다.

이제 한 발만 더 나아가면, 되돌아갈 길은 없다.

4대 악신에게 정면으로 도전장을 던지는 일이기 때문이다.

승산은 충분히 있었다. 이제 주사위를 던질 때가 되었다.

Part 110 : 강행군

홀 오브 플레임.

강혁준이 집정관이 되고 난 후, 새로 지어진 기구였다. 군의 업무가 커지면서 총괄해서 수행할 장소가 필요하게 되었다.

새로운 부지를 매입해서 쌓아올린 장소가 바로 이곳이었는데, 아무래도 군사 목적으로 지어져서 그 내구도가 매우 뛰어났다.

강혁준이 건물 안으로 들어서자 경비를 서고 있던 병사들은 뻣뻣한 태도로 경례를 올린다. 혁준은 가볍게 인사를 받았다.

동시에 호위 인력이 뒤늦게 따라붙는다.

"강혁준님!"

헐레벌떡 뛰어오는 데몬이 있었다. 그의 이름은 오겐트라고 하는데, 젊은 나이에도 뛰어난 실적으로 장래가 유망한 군인이었다.

바로 얼마 전에 승급한 그는 새로운 직책을 받게 되었다. 그것은 바로 강혁준의 경호실장이다.

그도 처음에는 쾌재를 불렀지만, 얼마지나지 않아 현실과 맞닥뜨리게 되었다.

"어디 가셨습니까? 정말이지…."

커다란 눈망울이 그렁거린다. 여러 상관을 모셔왔지만, 강혁준보다 더 자신을 힘들게 한 사람은 본 적이 없었다.

"아… 미안. 잠시 밖에 갔다 왔어."

그는 최고 군 사령관이다. 그런 이가 아무 말도 없이 사라지다니. 원래 같으면 홀 오브 플레임 전체가 발칵 뒤집어질 일이다.

허나 강혁준의 경우는 조금 특별했다. 일단 그는 경호원이 필요가 없다. 그의 무력은 이미 군단이라고 칭해도 모자람이 없었다.

그런 그에게 있어 경호원이란 거추장스럽고 오히려 보호해줘야 할 상대가 되는 것이다.

"그럼 수고해."

혁준은 가볍게 인사를 하고는 건물 안으로 들어간다. 오겐트는 바로 수하들에게 명령을 내렸다. 수십의 경호원이 혁준의 뒤를 따라붙는다.

'진짜 소화불량 걸리겠네.'

오겐트가 쓰린 속을 내리쓸며 한숨을 쉰다. 그의 성품이 조금만 불성실했다면 모르겠으나, 그는 철저한 FM 군인 바로 그 자체였다.

자신에게 내려진 임무를 달성하기 위해서라면 목숨도 아깝지 않건만. 지금은 자신의 쓸모없음에 좌절하고 있다.

그런 불쌍한 경호실장을 뒤로 하고 혁준은 자신의 집무실로 들어갔다. 그리고 거기에는 이미 손님이 들어와 있었다.

"오랜만이네. 모슬헨?"

모종의 임무를 받고 소식이 뜸했던 모슬헨이다.

"하하…… 방금 도착했습니다."

그는 소파에서 편하게 휴식을 취하고 있었다. 혁준은 찬장에서 비싼 값을 하는 술을 꺼내었다.

"한잔 하겠나?"

"저야 고맙지요."

새로 습득한 스킬인 '아브릴 칠'이 선을 보였다. 마력을 이용해서 냉기를 뿜어내는 기술이다. 주로 적을 얼려버릴 용도지만, 지금은 사각 얼음을 만드는데 쓰였다.

"받아."

혁준은 잔을 건네준다.

"고맙습니다."

"그래. 이번 출장건은 어땠나?"

혁준은 술을 한 모금 마시면서 말했다.

"안 그래도 빨리 전하고 싶어서 도착하자마자 이곳에 왔습니다."

의미심장한 얼굴로 말한다. 모슬헨은 늘 깔끔한 얼굴과 복장을 선호했다. 하지만 지금은 마치 거지꼴이나 다름없다. 오랜 여행으로 옷이 헤지고 얼굴에는 때국물이 가득했던 것이다.

"드디어 시작인가?"

의미심장한 목소리로 혁준이 말한다.

"네. 그렇습니다. 드디어 문이 열렸습니다."

입꼬리가 올라간다. 혁준은 새어나오는 웃음을 참을 수가 없었다. 그의 염원을 이루기 위한 첫 번째 단추가 성공적으로 연결된 것이다.

혁준은 바로 부하를 호출했다. 그리고는 담백한 목소리로 명령을 내렸다.

"무관들을 모조리 불러라. 연유를 묻거든 이렇게 말해. 드디어 때가 되었다고."

"알겠습니다."

직속 부하는 그렇게 말하고 물러갔다.

몇 시간 후.

애머른의 내노라하는 의원과 무장이 한 자리에 모였다. 모두의 얼굴은 약간 상기되어 있었다. 강혁준이 집정관에 오른 후, 그들은 총력을 기울여 군사력을 강화했다.

그리고 오늘.

집정관은 이렇게 말했다.

때가 되었다고. 그것이 뜻하는 바는 하나다.

바로 전쟁이 도래했음을 말하는 것이다.

흥분과 열기가 회의실을 가득 채우고 있었다. 여태까지 한 번도 겪어보지 못한 거대한 전쟁이 목전에 있었다.

"모슬헨. 설명하게."

"네. 알겠습니다."

모슬헨은 모종의 임무를 띠고 애머른을 떠났다. 그의 목적지는 바로 악신이 지배하는 지역이었다. 뛰어난 스파이였던 그는 부하들을 데리고 작전을 펼쳤다.

"몇 가지 어려움은 있었지요. 염탐 기간이 길어질수록 변수는 많았으니까요."

스파이는 매우 위험한 직업군으로 적에게 발각되면 두 가지 길만 존재한다. 사살당하거나 혹은 붙잡혀서 고문 당하거나.

모슬헨은 그런 위험을 무릅 썼다. 그리고 드디어 만족할 만한 성과를 올린 것이다.

"악신들이 드디어 게이트를 열기 시작했습니다. 지상 침공이 시작된 것이지요."

가끔 자연적으로 발생하는 소규모 게이트가 아니다. 신의 개입으로 인해서 두 세계에 거대한 통로가 열리는 것이다.

"수백만에 해당하는 몰리튜드가 어제 게이트로 이동했습니다. 하지만 그건 일부에 불과합니다. 지상으로 침공할 몰리튜드 군단이 아브락시타 고원에 운집해 있으니까요."

모슬헨의 말은 큰 의미를 가지고 있었다.

"과연 집정관님 말대로 진행이 되는군요."

"이렇게 빨리 기회가 오다니."

처음 강혁준이 앞으로 있을 일을 말했을 때에는 모두 긴가민가했다. 허나 지금보니 정확하게 혁준의 예언이 적중한 것이다.

"4대 악신은 대부분의 병력을 지상으로 보낼 겁니다. 그 덕분에 우리는 중요한 기회를 얻게 되구요."

요근래 급성장을 했다 하더라도 애머른의 군단으로는 4대 악신 전부와 싸우기는 역부족이었다. 하지만 대부분의 병력이 지상으로 빠져나간다면?

어비스에 남은 쭉정이를 각개격파한다면 분명히 승산은 있다.

"놈들은 각개격파하기 좋게 쪼개진 상태다. 이제 우리가 할 일은 간단하지. 보기 좋게 저들을 쓸어버리면 된다."

혁준은 자리에 일어나서 그렇게 말했다. 그 말에 많은 이들이 찬동했다.

"하하하… 안 그래도 좀이 쑤시던 차였는데, 잘 되었군."

데스 바운드의 지휘관이자 숙련된 싸움꾼 바하루가 만족스러운 웃음을 지었다. 마찬가지로 야릭 역시 옛 기억을 떠올리며 말했다.

"친우의 복수를 할 수 있겠군."

내심 기대가 된다는 표정이다. 마지막으로 루카의 표정은 크게 상기되어 있었다.

'드디어…'

그녀는 평생을 아버지의 염원을 이루기 위해서 살고 있었다. 악신에 의해 삶이 결정되는 것이 아닌, 스스로의 의지로 굳건히 설 수 있는 세상을 만들 것이다.

"우리의 첫 번째 목적은 이곳이다."

혁준은 미리 준비된 어비스의 지도를 가리켰다. 이미 모슬헨과 이야기를 통해서 내려진 결정이었다.

"첫 타겟은 몰리튜드로군."

야릭은 고개를 주억거리며 말했다. 그가 가리킨 곳은 아브락시타 고원이었기 때문이다.

모슬헨이 부연설명을 하였다.

"바캄의 눈 요원들이 이곳에 거주하고 있습니다. 지형적인 정보나 적의 병력상황을 확실히 파악하고 있지요."

전쟁에서 정보의 힘은 귀중하다.

"이번 작전은 속도전입니다. 저들이 연합을 하기 전에 우리가 먼저 그들을 끝장내야 합니다."

상황은 분명 애머른에 유리하다. 다만 그렇다고 안심해서는 곤란하다. 상대의 주력이 빠지고 빈집을 치는 형식이지만, 시간을 너무 주면 나머지 악신들이 서로 손을 잡을 수도 있다.

"그들이 연합하기 전에 두 개의 세력은 말끔이 청소해야 된다. 그렇지 않으면 결국 패배하는 것은 우리가 되겠지."

강혁준의 의견은 극히 옳았다.

진로는 정해졌다.

"오겐트."

혁준의 부름에 경호실장이 달려왔다.

"무장들에게 술을 대접하도록."

"넵."

미리 준비한 술잔을 가지고 온다. 모두의 잔이 채워지자, 혁준은 그것을 머리 위로 들었다.

"전쟁이 두려운 자는 빠져도 좋다. 겁쟁이는 필요 없으니까."

그곳에 있던 무관들은 모두 미소를 짓는다. 강혁준이 하는 말이 농담이라는 것을 잘 알기 때문이다. 무엇보다 이곳에 모인 자들은 오늘만을 기다렸다.

"좋아. 이제와서 도망가기에는 우리가 준비한 것들이 너무 아깝겠지."

전쟁은 위험하다. 하지만 반대로 공훈을 세울 수 있는 기회이기도 하다. 특히 젊은 장교일수록 그 염원은 더욱 크다.

"승리를 위하여!"

먼저 강혁준이 외쳤다.

"승리를 위하여!"

나머지 무관들도 따라서 외친다. 그리고 동시에 잔을 비웠다.

쨍그랑……

마지막으로 들고 있던 잔을 바닥에 던져서 깨버린다. 악운을 쫓고 동시에 전쟁에서 승리를 비는 일종의 의식이었다.

⁕

군단은 총 10개의 군단으로 나뉘어졌다.

제 1군단부터 10군단으로, 대개 하나의 군단은 10만명에 해당했다.

야릭을 비롯한 주전파의 장군들은 각자 하나의 군단을 거느리게 되었다. 그리고 능력 위주로 뽑은 젊은 군단장이 새로 탄생하였다.

덩치가 갑작스럽게 불어난만큼 새로 뽑힌 군단장들은 경험이 부족하다는 지적을 받기도 했다. 하지만 강혁준은 어깨를 으슥거리며 말했다.

"상관없어. 오래지 않아서 그들 모두 숙련된 장교나 병사가 될 것이니까. 그렇지 않은 자들은 죽을 수밖에 없겠지."

어차피 희생 없는 전쟁은 없다. 이들중 얼마나 살아서 고향땅을 밟게 될까?

애머른을 지키는 병력으로 제 1군단과 제 2군단이 남았다. 나머지 8개의 군단은 아브락시타 고원을 향해서 진격했다.

애머른에서 아브락시타 고원은 도보로 한달은 움직여야 할 거리였다. 하지만 혁준은 지독한 명령을 내렸다.

"따라오지 못하는 자가 있더라도 강행군한다. 어쩔 수 없어."

지금부터 전쟁은 시간과 다투는 일이었다. 어물쩡하다가는 계획 자체가 어그러지기 때문이다.

우려는 들어맞았다.

강행군에 적응하지 못하거나 낙오되는 병사가 속출했다. 그런 이를 걱정스레 바라보는 시선이 있었지만, 혁준은 가볍게 무시해버렸다.

결국 혁준의 노력 덕분에 아브락시타에 도착한 시간은 20일로 단축되었다. 동시에 전병력의 10분의 1에 해당하는 병사가 낙오되거나 행방불명되었다.

"어쩔 수 없는 일이지. 설사 늦게 오더라도 탈영병 취급은 하지 않겠다."

흩어진 병사들도 늦게나마 도착하고 있었다. 하지만 혁준은 그들이 모두 합류하는 것을 기다리지도 않았다.

임시로 급조된 막사 안에서 강혁준과 무장들이 자리하고 있었다.

"슬슬 저들도 우리를 눈치챘을 겁니다."

모슬헨이 그렇게 말했다. 80만에 해당하는 병력이 대규모로 이동했다. 눈치채지 못하는 것이 오히려 이상하다.

"눈이 있고 귀가 있으면 당연히 알겠지."

야릭은 수염을 매만지며 말한다. 몰리튜드 역시 척후조를 운영하고 있다. 진군을 하면서 몇 번 적의 척후조와 맞닥뜨린 적이 있었다.

"몰리튜드는 숙달된 전사이자, 병사들입니다. 우리의 병력을 보아도 크게 동요하지 않을 겁니다."

바하루가 그렇게 말했다. 그는 십대 시절을 몰리튜드 부락에서 지냈다. 그렇기에 그들의 습성과 능력에 대해서 잘 알고 있었다.

Part 111 : 화력전

 데스 바운드의 수장인 그는 어린 시절, 나약하다는 이유만으로 몰리튜드 부락에서 버림 받았다. 어린 나이의 바하루는 무력했으며 생존 확률은 0에 수렴했다. 차가운 바닥에 쓰러져 죽음을 기다리던 그를 구출한 이는 운 좋게 그곳을 지나가던 야릭이었다.

 결국 그것이 인연이 되어 몰리튜드 바하루는 무신론자가 되어 애머른의 대장군이 된 것이다.

 따지고보면 동족과 전쟁을 하게 되었지만, 그렇다고 마음에 꺼리낌은 없다. 오히려 쓸모 없다고 가차없이 자신을 버린 그들을 참교육할 수 있는 좋은 기회라고 여기고 있었다.

"적의 병력은 대략 60만에 달합니다."

모슬헨은 미리 준비한 보고를 마치며 말했다.

"꽤 많군."

혁준의 군대와 거의 비슷한 숫자다. 하지만 신의 가호를 받는 몰리튜드는 광전사 그 자체라 할 수 있다.

게다가 몰리튜드는 근접전의 프로패셔널. 반면에 신병 중심으로 이루어진 강혁준의 군단은 그 한계가 명확하다. 둘이 부딪히면 누가 이득을 볼 것인지는 지휘부가 이미 자명했다.

"무엇보다 우리 쪽은 강행군을 하다보니 지쳐있지요."

불리한 점을 들먹이면 끝이 없다. 하지만 강혁준은 어깨를 으쓱이며 말했다.

"그건 적들도 잘 알겠군."

혁준의 말에 모두가 수긍했다. 강혁준이 이끄는 군단은 분명 지쳐있다. 적의 수장이 머리가 박혀 있다면 그 이점을 놓치지 않을 것이다.

바로 그 때,

막사의 문으로 병사가 들어서며 말했다.

"보고드립니다. 몰리튜드 군대가 이쪽으로 맹렬히 진격 중입니다."

과연 모슬헨의 염려대로 적의 움직임이 시작되었다.

'호랑이도 제 말하면 온다더니.'

이로서 혁준의 군단은 거의 쉬지도 못하고 적과 맞서게 되었다. 그럼에도 무장들은 그다지 걱정하는 표정이 아니다.

모두의 시선이 한 곳으로 집중된다. 그것은 신뢰의 눈빛이다.

두 군단의 제일 큰 차이점은 바로 이것이었다.

강혁준의 유무.

그 차이가 이 전쟁의 승패를 가를 것이라는 것이, 이곳에 자리한 무장들의 공통된 생각이었다.

"그럼 잠시 마실 다녀오지."

혁준이 자리를 일어서며 말했다. 군단의 지휘를 맡은 야릭은 혁준에게 말했다.

"너무 무리하진 말게나."

"걱정하지 마십시오."

야릭은 작게 고개를 끄덕인다.

강혁준의 무장은 거의 없었다. 그는 견고한 갑옷을 걸치지도 않았다. 그가 가지는 저항력과 비교하면 갑옷은 오히려 거추장스럽기만 하다.

막사를 떠나기 전,

루카가 다가온다. 그녀의 표정은 그리 밝지 않았다. 사랑하는 남편이 위험한 전장으로 떠나기 때문이다. 하지만 그가 전면에 나서지 않으면 승리를 점치기 어렵다.

"무슨 생각해?"

혁준의 질문에 루카는 고개를 저었다.

"알려주고 싶지 않아요."

혁준의 강함은 안다. 하지만 그것을 잘 안다 할지라도 걱정되는 마음이 줄어드는 것은 아니다. 마음 같아서는 그의 옆에서 싸우며 그 위험을 반으로 나누고 싶다. 하지만 루카는 이내 고개를 저었다.

'오히려 방해만 되겠지.'

물론 루카도 소서러로서 누구 못지 않은 힘을 가지고 있다. 하지만 강혁준과 비교하면?

어마어마한 간극이 있다. 오히려 자신의 안위를 걱정하느라 혁준의 움직임에 제한이 생길 수도 있다. 그래서 자신의 고민을 알려주지 않은 것이다. 말한다고 해서 해결책이 있는 것도 아니다. 결국 그녀 스스로 인내해야 할 문제였다.

반면, 강혁준은 약간 토라진 그녀의 표정을 보면서 온갖 생각을 다 했다.

'내가 실수를 한 적이 있던가? 크게 없는 것 같은데.'

둘이 부부가 된 후, 강혁준은 결코 가정에 소홀하지 않았다. 강혁준이 은근 남들에게 차갑게 대하는 기질은 있지만, 가족에게는 그렇지 않았다.

오히려 강혁준은 팔불출의 요소를 모두 가지고 있었다.

그래서일까?

지금 곧 이어 벌어지는 전투보다, 그녀의 불편한 기색이 더욱 마음에 걸리는 모양이다.

"휴우…."

루카는 결국 한 숨을 쉰다. 그리고는 표정을 고친다.

그녀는 자신의 마음에 있던 짐을 털어놓았다.

"미안해요. 당신이 위험한 곳을 향하는데, 저는 아무런 도움이 되지 못하잖아요."

혁준은 약간 놀랐다. 동시에 자신의 무신경함을 자책했다. 그녀의 마음을 모두 헤아리지 못한 것이다.

"나야말로 미안. 네가 그런 생각을 하는지 눈치를 전혀 못 챘어."

"아니에요. 당신이 사과할 일은 아니라구요."

혁준의 잘못은 아니다. 다만 현실이 그렇게 흘러갈 뿐이다.

둘은 한동안 서로의 행동에 대해서 사과를 했다. 그러다가 루카가 풋 하고 웃음을 터뜨린다.

"갑자기 왜 웃는 거야?"

"상황이 재미있잖아요. 서로 더 자신이 잘못했다고 이야기하고 있으니."

"아… 그런가?"

혁준은 머리를 긁적이며 말했다. 듣고 보니 루카의 말대로 누가 더 못났는지에 대해서 이야기하고 있었다.

"당신의 고민은 잘 알겠어. 하지만 나는 가야 해."

전장은 혁준을 기다리고 있었다. 하기 싫다고 피해갈 수 있는 그런 성질이 아니다.

혁준은 그녀의 손을 잡았다. 그리고 그것을 이끌어 자신의 심장 부위에 갖다 되었다.

"처음 당신과 만났던 순간을 기억해. 그 때, 우리는 많이 엇갈렸지?"

그녀는 고개를 끄덕였다.

"그리고 많은 일이 있었지. 그저 서로의 이익을 위해서 손을 잡았고. 따지고 보면 우리 사이는 로맨스라고는 눈꼽만큼도 없잖아."

혁준의 말대로 둘 사이는 필요에 의해서 맺어진 사이였다.

"그런데 요즘 들어서 생각이 달라졌어."

"그게 무슨 말이죠?"

"나는 오히려 그런 얄팍한 이해 조건이 오히려 고마워지기 시작했어. 만일 그런 이해관계가 아니었다면, 루카와 결혼하는 것은 아무래도 힘들었을 테니까."

"……."

루카의 뺨이 약간 붉어졌다.

"중요한 것은 지금 내 옆에 루카가 있다는 거야. 그리고 전장에 나서도 두렵지 않아. 나에게는 네 곁이라는 보금자리가 늘 마련되어 있거든."

혁준은 그녀를 강하게 안았다. 이것으로 그녀의 불안이 모두 사라지는 것은 아니다. 하지만 적어도 자신이 어떤 마음을 가지는지 알려줘야 한다.

"너의 불안한 마음은 잘 알겠어. 하지만 나를 믿어주었으면 좋겠어. 무슨 일이 있더라도… 나는 네 곁에 돌아갈게."

"알았어요."

혁준은 상대의 마음을 읽는 독심술은 모른다. 하지만 자신의 진심이 전해진 것 같아서 약간 마음에 놓였다.

둘은 가볍게 키스를 나누었다. 혁준은 이내 전장을 향해 나아갔다. 루카는 두 손을 잡고 그 뒷모습을 오랫동안 지켜보았다.

✤

몰리튜드의 군단은 성난 개떼처럼 몰려오고 있었다. 주력 군단이 지상으로 빠져나간 것을 생각한다면, 그 기세는 하늘을 뚫을 지경이다.

"슬슬 시작해볼까?"

혁준은 가볍게 몸을 풀었다. 그리고 아공간의 주머니에서 무기를 있는대로 꺼낸다.

'쩝… 이것도 슬슬 바닥을 보이기 시작하네.'

하지만 혁준은 그것을 아낄 생각은 없었다.

'아끼다가 똥 된다.'

그 점은 마력도 마찬가지다. 시간이 지나면 자동으로 차오르는 것이 마력이다. 거리가 있을 때, 마력을 쓰기로 마음 먹었다.

'아나스 블라스터.'

한계선까지 차 있던 마력이 순식간에 바닥을 향해 치닫는다.

지지지지징!

에너지의 물결이 한 곳에 집중된다. 처음에는 그것도 제어하기 어려웠지만, 지금은 손쉽게 해낼만큼 숙달이 되었다.

콰콰콰카….

원통형의 빛기둥이 몰리튜드를 강타한다. 빛이 지나는 경로에 있던 자들은 그대로 분해되어버렸다. 그 한방의 파괴력이 어찌나 대단한지 생존자가 받는 정신적 충격은 덤이었다.

"어라?"

"무슨 일이 있었던 거지?"

스킬 한 번에 3만 명이 증발해버린다. 너무 갑작스럽고 이해하기 어려운 현상과 마주하면, 넋이 나가기 마련이다.

"멍청한 놈들. 언제까지 그렇게 서 있을 셈이냐?"

다만 몰리튜드 치프틴이 그것을 가만히 보고 있지는 않았다. 길다란 핼버드로 부하를 앞으로 밀어 제낀다.

"당장 움직이지 않으면 네 놈 해골을 제단에 바치겠다! 목숨이 아깝지 않은 녀석은 없겠지?"

결국 그의 으름장에 군단은 다시 진격을 거듭한다. 물론 강혁준도 스킬 한 번으로 그들을 물리친다는 생각은 하지 않았다.

혁준은 준비해둔 발칸포를 들어 올렸다.

'슬슬 시작해볼까?'

기관포가 회전하며 짧은 시간에 수천발의 탄환을 쏟아내기 시작했다.

푸다다닥…

그것은 거대한 분쇄기나 다름없었다. 관통 마법이 걸린 총알은 몰리튜드의 육체를 마디마디를 끊어버린다.

"젠장할…."

몰리튜드 대부분이 근접전에 특화되어 있었다. 그들 중 활을 다루는 이도 있지만, 성향 자체가 피 튀기는 것을 좋아하기 때문에 그 수는 많지 않다.

그러다보니 강혁준에 의해서 일방적으로 두드려 맞는

구도가 이루어졌다.

"숫자로 밀어붙여라."

치프틴을 이를 갈면서 소리쳤다. 지금 당장은 원거리 공격에 고통을 받고 있다. 하지만 사정권에만 들어오면 단번에 다져진 고기로 만들어줄 자신이 있었다.

"열심히도 오는구만."

아군이 쓰러지는 상황임에도 겁을 먹지 않는다. 그 투지만은 칭찬할 수 있다.

'그래서 선물을 더 준비했지.'

몰리튜드가 쳐들어오기 전, 혁준은 약간의 시간을 벌 수 있었다. 그리고 그는 그것을 알뜰하게 사용했다.

'카라트 파이어.'

전장 곳곳에 C4를 심어 두었다. 전자기의 종말로 기폭장치는 쓸모가 없지만, 얼마 전에 배운 스킬 덕분에 C4의 효용성이 커졌다.

혁준은 기억을 더듬어 특정 지열에 열을 가했다. 카라트 파이어는 허공을 격하고 적을 태울 수 있는 스킬이다. 혁준은 그것을 기폭 장치로 활용했다.

콰콰쾅!

발 밑에서 화약이 터져나온다. 폭발에 휘말린 몰리튜느는 몸이 갈갈이 찢겨졌다.

"빌어먹을…."

눈에 보이는 적은 하나에 불과하다. 하지만 속수무책으로 당하는 것은 몰리튜드 측이다.

병사를 독려하는 치프틴은 화가 머리 끝까지 났지만, 그렇다고 수백미터 거리를 단번에 이동할 수는 없다.

"이런…."

신나게 화력전을 펼치고 있던 강혁준은 김빠진 목소리로 말했다.

"탄약이 바닥났군."

아쉽지만 어쩔 수 없다. 어비스의 뛰어난 기술자도 총알을 만들 능력은 없었다.

"아슬아슬하게 마력이 좀 차올랐는 걸?"

처음에 발사했던 '아나스터 블라스터' 보다는 출력이 약하다. 하지만 그 임팩트가 워낙 컸던 탓일까?

혁준이 그것을 발사하려는 것만 보고, 수 많은 몰리튜드가 몸을 숙였다.

콰콰콰콰!

또 다시 빛의 노도가 몰리튜드를 덮친다. 그것에 당한 자는 한 마디 비명도 지르지 못하고 산화되었다.

"후우…."

혁준은 약간의 어지럼증을 느꼈다. 필요 이상의 마력을 쏟아냈을 때, 느끼는 고갈 현상이다.

"그래도 대충 10만 정도는 정리한건가?"

한 개인이 해낸 일이라고 믿기 어려울 정도다. 전투가 시작하고 한 시간도 되지 않아서 칠분의 일이 사라진 것이다.

Part 112 : 첫 승리

 큰 피해를 입었지만, 몰리튜드는 포기하지 않았다. 고작 한 명의 적에게 패퇴했다는 불명예는 자존심이 용납치 않는 것이다.

 "죽어라!"

 전방의 몰리튜드가 용맹하게 도끼를 휘둘렀다.

 '훗…'

 하지만 상대는 SSS등급의 강혁준이다. 혁준은 일부러 기다렸다가, 도끼가 이마를 가를 쯤에야 손을 움직였다.

 턱!

 "어… 어라?"

 도끼날은 단 두 개의 손가락에 붙잡혀서 1mm도 움직이지 않는다. 이어서 혁준은 가볍게 주먹을 휘둘렀다.

퍼억!

머리가 뜯겨 날아간다. 굳이 무기를 사용하지 않아도 단번에 때려죽이는 것이 가능했다. 그 위용을 지켜보던 몰리튜드들이 찔끔했다.

"설마 여기서 죽음이 두려운 놈은 없겠지?"

워 치프틴이 외친다. 호승심으로 따지면 둘째라면 서러운 종족이 몰리튜드다. 그의 말이 떨어지기 무섭게, 너나 할 것 없이 혁준을 향해 달려들었다.

"우오오오……."

단번에 혁준을 포위하는 적들.

그렇지만 강혁준은 오히려 이 때를 기다렸다. 굳이 찾아갈 필요없이 적들이 알아서 몰려와 주었기 때문이다.

'한바탕 해볼까?'

사실 근접전을 좋아하는 것이 몰리튜드만은 아니었다. 혁준이 밝게 웃으며 아공간의 주머니에서 프르가라흐를 꺼내 든다. 정의의 대검은 출현과 동시에 적을 맞이했다.

스거걱!

수평으로 한 번 휘둘렀을 뿐이다. 하지만 그 결과는 참혹했다. 사정거리에 있던 몰리튜드 5마리가 그대로 절단되어 불타버린다. 혁준은 기대를 몰아 쉬지 않고 검을 휘둘렀다.

푸화아악!

상반신과 하반신으로 분리되어 땅바닥을 나뒹구는 시체들. 거기에 푸른 화염이 붙어 불타기 시작하니 주위는 온통 난장판이 되었다.

"으아아악…."

신의 가호를 받아서 고통을 모르는 것이 되게 몰리튜드의 특징이다. 그 덕분에 죽음을 두려워 하지 않는 광전사가 될 수 있었다.

하지만 강혁준을 상대로는 그것이 불가능했다. 데빌과 프르가라흐는 정반대의 특성을 가지고 있었기 때문이다.

"살려줘. 내 몸… 내 몸이 불타고 있어!"

"아 신이시여…."

혁준은 그 자체로 불도저나 다름없었다. 나름 끗발 날린다는 전사들도 단 일합에 죽음을 맞이하고 있다.

이윽고…

강혁준은 워 치프틴과 마주할 수 있었다.

"네… 네 놈. 그 무기는 분명 프르가라흐렸다?"

"맞아. 덕분에 잘 써먹고 있지."

몰리튜드가 섬기는 악신 악시온은 한 때, 프르가라흐를 손에 넣기 위해 노력했던 적이 있었다. 하지만 그것은 강혁준에 의해 실패하고 말았는데, 그후 던젼에서 살아 돌아왔던 몰리튜드는 하나도 빠짐없이 죽음으로 죄의 대가를 치루었다.

"이런 도둑놈. 네 놈의 해골을 악시온님에게 바치겠다."

"할 수 있다면."

강혁준은 다리에 힘을 주는 것과 거의 동시에 용수철처럼 앞으로 튕겨나갔다.

'막을 수 있어!'

워 치프틴이 되기 위해 치른 전투는 셀 수 없이 많다. 가끔은 자신의 권위에 도전하는 자들과 1:1 대결도 펼쳐야 했다.

그런 치프틴의 보기에 혁준의 공격은 무척 단순해보였다. 생각 외로 빠르게 치쳐들지만, 막을 수는 없을 정도는 아니다.

푸화아아악!

들려오는 파육음.

"어라?"

워 치프딘은 어리눙절했다.

뭔가가 허전하다. 아래를 내려다보니, 단단한 복근 부근에 한 줄기 선이 생기기 시작했다.

뭉클뭉클….

피기 점점 새어나오더니 그 절단면이 점점 커져간다. 이윽고 그 사이로 내장이 튀어나왔다.

"어… 어?"

상반신은 앞으로 쏠리는데, 하반신은 뒤로 넘어가 버렸다. 여느 잡졸들처럼 단 일합에 토막나버린 것이다.

"어떻게?"

그는 의문을 표했다.

워 치프틴은 완벽하게 혁준의 무기를 걷어내는 것처럼 보였다. 하지만 프르가라흐의 절삭력은 그 어느 무기보다 뛰어나다.

헬버드를 쪼개고 그것도 모자라서 허리까지 깨끗이 절단해버린 것이다.

"으으으…"

워 치프틴은 악신의 힘을 한층 더 많이 받은 자다. 몸의 반이 날아가는 부상에도 여전히 죽지 않고 버티고 있었다.

"크아아악!"

뒤늦게 프르가라흐의 또 다른 특성이 발휘된다. 상처 부위에 정화의 불길이 피어오른 것이다. 여태 느껴보지 못한 고통이 그의 뇌리를 하얗게 만들었다.

"차… 차라리 나를 죽여라."

몰리튜드는 광전사이지만, 그렇다고 재생의 능력을 가지진 않았다. 설사 목숨을 부지한다 하더라도, 내장이 모조리 상한 지금 오래 살 수는 없는 것이다.

"싫은데."

이미 무력화된 상대다. 아직 적이 많은데, 그의 목을 정성스럽게 따줄 시간은 없었다. 혁준은 발에 채이는 돌맹이 보듯 그를 지나쳤다.

흠칫….

강혁준의 잔인한 손속에 몰리튜드들이 뒤로 물러난다.

"다음 차례는 너희들인가?"

강혁준은 잔인한 미소를 지으며 앞으로 나아갔다. 그가 움직일 때마다 강혁준이라는 거대한 분쇄기 앞에 차례로 고깃덩어리가 되는 적들. 덕분에 몰리튜드 쪽 진영은 말 그대로 붕괴되어 버렸다.

⚜

"슬슬 때가 되었군."

정찰대 역할을 하던 스카이워커 분대원은 상황을 내려다보며 말했다. 강혁준에 의해서 몰리튜드의 발은 꽉 묶여있다.

"본부에 연락해."

"알겠습니다."

스카이 워커는 숙련된 라이더이자 마법사였다.

슈우우웅 펑! 퍼벙!

히공을 향해서 마법을 구사한다. 그것은 폭죽처럼 노란색 불꽃이 되어 하늘을 수 놓는다.

그 시각.

애머른의 군단의 본대에서도 그 신호를 발견했다.

"신호가 왔습니다."

"나도 눈 있다."

야릭은 심드렁한 표정으로 대답했다. 자신이 나이가 제법 많은 것은 사실이지만, 가끔은 너무 노인 대우를 하는 것 같다는 것이 그의 생각이었다.

"자! 우리도 슬슬 움직일 때가 된 거 같군. 작전대로 진행한다."

야릭의 승낙이 떨어졌다. 명령은 곧바로 하달되었다.

예비대를 제외하고 총 40만에 해당하는 군단이 앞으로 움직이기 시작한다.

야릭과 모슬헨은 중앙을 담당했다. 바하루는 선발대로서 최전방을 책임지고 있다. 좌익과 우익은 각각 새로 두각을 드러낸 장군이 맡게 되었다.

"자 출진한다!"

이윽고 거대한 두 병력이 마주보게 되었다. 하지만 그 상황은 천지 차이다. 몰리튜드는 강혁준이라는 거대한 벽을 만나 고전 중이었다.

특히 강혁준은 워 치프틴을 암살하고 다녔다. 그 때문에 지휘 체계가 마비되기 시작한 것이다.

"쇠뇌를 준비해라."

야릭의 명령이 내려진다.

이번 전쟁을 위해서 애머른측이 준비한 비밀병기였다.

이름은 아살롯 발리스타.

3인 1조로 운용하는 발리스타로서 일반 쇠뇌보다 3배는 크다. 그만큼 조립 시간이 소모되지만, 파괴력만은 가공할 수준이었다.

그 아이디어를 낸 사람은 강혁준이다. 인류 역사를 살펴보더라도 화약이 나오기 전, 사람을 가장 많이 죽인 냉 병기는 바로 활이었다. 혁준은 그 점에 착안해 이번 프로젝트를 진행 시킨 것이다.

철컥…. 철컥.

병사들이 여유롭게 쇠뇌를 조립한다. 사실 전장에서 태평하게 무기를 설치하는 것은 어렵다. 거대한 성벽에 보호받지 않은 이상, 적의 집중공격을 받는다는 한계점이 명확하기 때문이다.

"준비되었습니다."

"좋아. 볼 것도 없다. 일제 사격!"

포격 명령이 떨어졌다.

애머른의 군단은 일제히 쇠뇌를 발사하기 시작했다.

퉁퉁퉁!

하늘을 까맣게 가릴만큼 어마어마한 숫자의 쇠뇌가 몰리튜드를 타격한다.

"크아아악!"

단 한번의 공격이었지만 몰리튜드에게 무시할 수 없는 타격을 가했다.

쐐애애엑.

쇠뇌는 상대를 가리지 않았다. 당연히 강혁준에게도 여러발의 쇠뇌가 날아들었다.

툭툭…

물론 그것은 혁준에게 아무런 타격도 주지 못했다. 따지고 보면 아군 사격이지만, 그는 오히려 미소를 지었다.

"효과 만점이군."

일반 쇠뇌보다 3배에 가까운 크기다. 제 아무리 광전사라할지라도 무시할 수준이 아니었다.

"전군 후퇴… 후퇴하라!"

일방적으로 두드려 맞은대다가 갈수록 상황이 나빠지고 있다. 몰리튜드 지휘부는 일단 후퇴를 결정했다.

"좋아. 유종의 미를 거두어볼까?"

도망가는 적들을 그냥 내버려 둘 수는 없다. 혁준은 그들의 엉덩이를 제대로 차 줄 생각이었다.

'마나 리커버리.'

마력이 샘솟기 시작한다. 짧은 시간 한정인 스킬이지만, 그 용도만은 최강이었다.

"좋았어."

거포를 쏘기 위한 마력이 충전되었다.

"서… 설마?"

"미친…. 모두 엎드려!"

눈치가 빠른 몰리튜드는 강혁준이 무엇을 하려는 건지 알아채고 말았다. 물론 그렇다고 다음 공격을 피할 수 있는 것은 아니었지만.

'아나스 블라스터!'

망신창이가 된 그들 군단에 또 다시 철퇴가 내려진다.

콰콰콰…

이쯤되면 천하의 몰리튜드라도 혼비백산하기 마련이다. 그들은 전의를 완전히 잃어버렸다. 이렇게 처참하게 패배할 줄은 추호도 예상치 못했을 것이다.

"하하하! 꼬리 말고 도망치는 꼬라지라니. 아주 패배한 개나 다름 없구나!"

바하루는 도망치는 몰리튜드를 보며 호탕하게 웃는다.

"우리 대장, 동족에게도 가차 없네."

"오히려 더 기뻐하는 것 같지 않아?"

바하루의 귀에도 몇몇 이야기가 들려왔지만, 신경 쓰지 않았다. 종족이 같다고 가족은 아니기 때문이다.

"놈들을 도망치게 둘 수는 없지."

아샬롯 발리스타의 장점은 먼 거리에서 적에게 일방적인 피해를 강요할 수 있다. 하지만 워낙 병기가 크기 때문에,

조립하는데 시간이 걸린다. 그 말인즉 적을 추격하는 용도로는 적합하지 못했다.

"자, 우리가 날뛸 시간이다."

바하루가 먼저 나선다.

대부분 근접전 병사로 이루어진 병력이 뒤따라 움직인다. 그리고 그 중심은 바로 데스 바운드였다.

"히이야! 전쟁이다."

"모가지를 따 주마. 버러지들아!"

전쟁의 열기에 신이 난 데스 바운드였다.

전쟁에서 제일 사상자가 많이 발생하는 순간은 바로 추격전이다. 그나마 몰리튜드 군이 전열을 유지하면서 도망갔다면, 그리 큰 피해를 입지 않았을 것이다.

허나 정신적 충격이 큰 탓일까?

강혁준에게서 멀어지기 위해서 무질서하게 흩어지고 있었다.

"바하루 녀석. 신이 났군. 부관!"

"넵."

"스카이워커에게도 명령을 내리게. 지금이라면 공중 지원이 더욱 빛을 발할 걸세."

그렇지 않아도 스카이워커 자체가 몰리튜드의 천적과 같은 존재였다. 공중에서 쏟아지는 화염의 비는 말그대로 악몽같은 일이다.

몰리튜드 군단은 패퇴하고 있었다.

애머른의 무장들은 이렇게 쉽게 대승을 거둘 것이라 상상하지도 못 했다.

"압승입니다!"

모슬헨이 감격한 목소리로 말했다.

"아… 그렇군."

야릭 역시 고개를 주억거리면서 말한다. 몰리튜드 주력군 대부분이 지상으로 빠지기는 했다. 따지고보면 반쪽 군대를 상대로 승리한 셈이다. 하지만 그 점을 고려하더라도 이번 승리의 의미가 퇴색하는 것은 아니었다.

야릭은 팔짱을 낀 채, 말을 이었다.

"문득 이런 생각이 드는구나. 나는 어쩌면 역사의 새로운 현장에 서 있는 것이 아닐까? 라는 생각이."

Part 113 : 인신공양

 전투의 결과는 애머른측의 압승이었다. 몰리튜드 중에서 후퇴에 성공한 이는 20만도 채 되지 않았다. 과반수 이상이 황무지에서 죽임을 당하거나 흩어졌다.

 살아돌아간 자도 몸이 성한자가 드물었다. 비록 신의 가호로 상처를 무시하고 싸울 수 있지만, 그렇다고 전투 중에 입은 상처를 재생시켜주는 건 아니다.

 결국 살아남은 이들도 전투력 감소를 피할 수 없었다. 반면에 애머른측의 사상자는 5000명도 채 되지 않는다.

 "와아아아…."

 "강혁준! 그가 살아계신다!"

 병사들은 집정관의 이름을 연호한다. 승리의 주역은 바로 그였기 때문이었다. 만약에 그의 존재가 없었다면, 운이 좋아도 양패구상정도가 최선이었을 것이다.

그는 곧바로 본영으로 돌아왔다. 그곳에는 루카가 이미 그를 기다리고 있었다.

루카는 비행마법으로 혁준에게 날아왔다. 그리고는 단번에 그의 품으로 뛰어들었다. 강혁준의 옷은 적의 피와 살점으로 더러웠지만, 그녀는 아랑곳하지 않는다.

"읏…."

수십만에 해당하는 몰리튜드의 육탄 공격을 모두 피했지만, 루카의 진한 포옹은 피할 수가 없었다. 루카는 마치 새끼 고양이처럼 그의 품 깊숙히 파고 들었다.

"……."

둘은 한동안 말이 없었다. 그저 서로의 온기를 나눌 뿐이다.

이윽고 강혁준은 입가에 작은 미소를 지으며 말했다.

"돌아왔어."

"네."

✤

승리를 거두었지만 전쟁이 끝난 것은 아니었다. 이번 전투에서 제일 위협 요소라고 할 수 있는 데미갓은 한 명도 보이지 않았다.

몰리튜드측은 애머른에 대해서 방심하고 있었다. 애초에 진다는 생각을 하지 않았기 때문에 이런 결과가 발생한 것이다.

첫 승리 후, 혁준을 비롯한 애머른 군은 휴식을 취했다. 강행군 이후, 첫 전투를 치루었다. 비록 이겼다고는 하지만, 더 이상 작전을 수행할만한 여력이 있지 않았다.

설사 그 시간동안 몰리튜드가 여력을 되찾는다 하더라도 어쩔 수 없다.

강혁준은 가볍게 식사를 마치고 휴식을 취한다. 체력은 남아있지만, 마력을 과도하게 사용했다. 포용범위 내라 할지라도 정신적으로 피로를 동반하는 것이다.

루카와 가볍게 차를 마시고 있을 때, 손님이 찾아왔다.

애머른 군의 참모라고 할 수 있는 모슬헨이었다. 루카는 반갑게 그를 맞이했다.

"오붓한 시간을 방해해서 죄송합니다."

"서운한 소리 하지 마라."

혁준은 그에게 안쪽 자리를 내주었다. 그 동안 루카는 따뜻한 차를 내어왔다.

"오랜만에 누님의 차를 마시는군요."

"언제든지 찾아오렴. 모슬헨. 차 정도야 얼마든지 타줄 테니까."

"하하하… 그럼 하룻밤 자고 가도 될까요?"

결국 모슬헨의 등을 한차례 세게 때린다.

"그만 까부렴."

"역시 누님의 손은 여전히 맵군요."

그는 정보 단체의 수장이라고 믿기지 않을만큼 넉살이 좋았다.

모슬헨은 차를 마셨다. 그리고 말을 이었다.

"차 대신 술이었다면 정말 좋았을 텐데요."

"아직 전쟁 중이니까. 병사들에게 모범을 보여야지."

강혁준은 잠시 주변을 살피더니 말했다.

"모슬헨, 하고 싶은 말이 있으면 해도 좋아."

"알겠습니다."

그가 혁준의 막사를 찾은 것은 긴히 보고할 이야기가 있어서였다.

"어쩌면 몰리튜드와의 전쟁은 더 빨리 끝날지도 모르겠습니다."

"사세히 말해보게."

"먼저 미스트라양에 대해서 설명하지요."

미스트라를 아군으로 받아들인 것에 대해서는 이런저런 말이 많이 돌았다. 하지만 강혁쥰은 그녀의 능력이 높이 사시 그녀를 받아들였다.

다만 예전 직책 그대로 두는 것은 아무래도 힘들었다.

그렇기에 그녀를 모슬헨 휘하에 두었다. 이른바 백의종군인셈이다.

"매형 의견대로 그녀는 금방 두각을 드러내더군요."

궂은 일을 시켜도 아무렇지 않게 임무를 성공시켰다. 그러더니 어느새 타이건을 앞지르고 바캄의 눈에 없어서는 안 될 실력자가 되었다.

"그렇다면 다행이군. 그런데?"

"그 전에 이걸 보십시오."

모슬헨은 작게 말린 두루마리를 꺼낸다.

"이건?"

"아! 스파이끼리 연락을 취할 때, 사용하는 겁니다."

처음에는 별 생각 없이 그것을 읽었다. 하지만 자세히 보니 그 안에 담긴 내용이 심상치 않다.

"이게 가능하단 말인가?"

"저는 어려울거라고 봅니다만, 그녀가 강하게 의견을 피력하더군요."

"그래서?"

"현장 요원의 의견을 우선하겠다고 메시지를 보내었습니다."

미스트라는 몰리튜드 진영 깊숙이 잠입하는데 성공했다. 그리고 오래지 않아서 반신이 있는 곳을 포착했다고 한다.

마지막으로 반신을 암살할테니, 그에 대한 재가를 묻고 있었다.

"무모해."

혁준은 미스트라의 상황을 한 마디 단어로 축약했다. 그리고 모슬헨에게는 질타하는 눈빛을 보내었다.

"매형의 생각이 어떤 것인지 충분히 이해가능합니다. 하지만 그럴만한 이유가 있었습니다."

"그 이유를 들어보지."

"네. 그러죠."

모슬헨은 차를 마저 마시고 말했다.

"그녀는 제 아래에 있을 인물이 아닙니다. 그렇다고 높은 직책을 주면 다른 이들의 반발이 이어지겠지요."

"……."

"이번 작전은 설사 실패하더라도 상관없습니다. 그녀의 솜씨가 아깝기는 하지만, 고작 한 명의 희생일뿐이지요. 하지만 그녀가 성공한다면? 제일 큰 위협을 제거할 수 있지요. 로우 리스크 하이 리턴(Low risk high return)이죠. 더 이상 그녀에 대해서 아무도 불만을 가지지 못할 겁니다."

혁준은 고개를 끄덕였다.

"알았다. 그럼 결과는 언제 알 수 있지?"

혁준의 질문이 마저 끝나기도 전에 밖이 소란스럽다.

"무슨 일인가?"

경비를 서고 있던 병사 하나가 들어와서 보고했다.

"난생 처음 보는 여자가 강혁준님을 뵙기를 청하고 있습니다. 당연히 거절하려고 하는데…."

병사의 말을 듣자 기이한 예감이 떠오른다.

"들어오라 일러라."

"넵? 알… 알겠습니다."

이윽고 붉은 빛의 피부를 가진 데빌이 모습을 드러냈다. 그녀는 커다란 보자기를 등에 매고 있었는데, 아랫부분이 붉게 물들여져 있었다.

"오랜만에 뵙겠어요. 나의 주군이시여."

그녀는 무릎을 꿇고 말했다. 강혁준은 단번에 여자의 정체를 눈치챘다.

"미스트라군."

"역시 알아차리는군요."

미스트라는 곧이어 환영마법을 해재했다. 그리고 감추고 있던 날개를 드러냈다.

"보셨지요? 매일매일 제 전성기를 위협당하는 기분입니다."

모슬헨의 말에 미스트라는 입을 가리며 말했다.

"수장님의 명성을 이어가기에는 부족함이 많지요."

그녀는 겸양을 떨었다.

'처세술이 대단하군.'

혁준은 손가락으로 보자기를 가리키며 물었다.

"그것보다 이건 뭐지?"

"혁준님에게 드리는 선물이랍니다."

루카가 짐을 풀자 참혹하게 잘린 5개의 개머리가 모습을 드러냈다.

"제법 마음에 드실 겁니다."

그녀가 가지고 온 것은 무려 반신의 수족이었다. 기가 막힌 모슬헨이 말했다.

"설마 다섯이나 제거했단 말인가?"

"저에게는 매우 쉬운 일이랍니다. 오히려 거추장스러운 것들을 가지고 오는 것이 힘들었어요. 다른 무장들에게 증거로 보여주려면 이 방법이 제일 좋으니까요."

루카는 가볍게 말한다. 하지만 그 안에 들어있는 내용은 그렇지 않았다.

"자세하게 설명하겠나?"

"물론 그렇게 하지요."

그녀는 불과 5시간 전에 있었던 일을 설명하기 시작했다.

✤

몰리튜드의 대부분은 뛰어난 전사들로 이루어져 있다. 하지만 아무리 칼질을 잘하더라도 먹고 입고 쉴 거주지가 필요하다.

그것을 해결하기 위해 몰리튜드가 선택한 것은 약탈과 노략질이었다. 다른 부락을 침범해서 반항하는 자는 죽여버리고, 나머지를 노예로 거두었다.

그리고 온갖 궂은 일을 도맡아 시켰다. 당연하지만 몰리튜드가 노예들의 인권을 생각해줄 리 없다. 가축보다 못한 삶으로 죽지 못해 살아갔다.

노예는 나이 든 이가 없었는데, 조금이라도 작업을 힘들어하는 자가 있으면, 곧바로 머리가죽을 벗겨서 악시온에게 제물로 바쳐버리기 때문이었다.

미스트라는 몰리튜드에 스며들기 위해서 노예로 자신을 위장했다. 그녀의 연기력은 매우 뛰어나서 아무도 그녀를 의심하지 않았다.

그녀는 부지런히 정보를 모으다가 한 가지 흥미로운 이야기를 듣게 되었다.

어느 날부터, 젊은 처자 노예만 데려간다는 것이다. 그리고는 다시는 돌아오지 않았다는 이야기다. 사실 그들의 삶에서 그리 새삼스럽지는 않다.

하지만 미스트라는 촉이 왔다.

"어쩌면…."

조사해볼 가치는 있었다. 그녀는 부지런히 발품을 팔았다. 그리고 사건의 정체와 직면하게 되었다.

"너! 이리 와봐."

왜소하고 나이든 몰리튜드다. 근육도 볼품없는 것이 전사 체질은 아니다. 하지만 많은 수의 몰리튜드가 나이 든 그에게 공손한 태도를 하고 있었다.

"쯧……. 생긴건 반반한데 머리는 아둔한 모양이군. 뭐하냐? 저 년을 끌고 와라."

그를 호위하는 몰리튜드가 미스트라에게 다가온다. 마음만 먹으면 떨쳐낼 수 있지만, 그녀는 잠자코 끌려갔다.

"흐음……."

나이 든 몰리튜드는 지팡이로 그녀의 몸을 툭툭 건드리더니, 억지로 입을 벌리게 한 뒤 치아 상태와 몸 상태를 살핀다. 마치 도살꾼이 도축하기 전의 소를 살피는 것처럼.

"상태가 좋군."

몰리튜드는 만족한 표정을 지었다. 그러더니 부하들에게 소리쳤다.

"데리고 가라. 비축분은 언제든지 넉넉하면 좋으니까."

결국 미스트라는 철창에 갇힌 존재가 되었다.

"흑… 흑…."

철창 안은 그녀만 있는 것이 아니었다. 그녀를 제외하고 얼댓명의 데빌들이 있었던 것이다. 특이한점은 그녀들 모두가 젊은 여인이라는 점이다.

'과연 그렇군.'

그제서야 미스트라는 일이 어떻게 돌아가는지 알게 되었다. 그녀는 오랜 시간동안 어비스에서 살아왔다. 그러다보면 그다지 알고 싶지 않는 정보에도 통달하게 된다.

'이곳에 갇힌 여자들은 모두 인신공양의 제물들이야.'

데미갓이 되어서 신격을 쌓기 위한 방법은 여러 가지가 있다. 하지만 그 중에서도 제일 쉬운 방법 중 하나가 젊은 여인의 육체를 잡아먹는 것이다.

특히 몰리튜드의 데미갓은 연례행사처럼 수시로 인신공양을 벌인다.

끔찍한 일이건만 미스트라의 표정은 전혀 두려움이 없었다. 오히려 그 어느 때보다 매혹적인 미소를 짓고 있었다.

그녀는 주변을 살피더니 금세 희생양이 될 여인을 포착했다. 그리고 아무렇지 않게 다가가 슬쩍 그 여인의 어깨를 툭 건든다.

"으으으으…."

가볍게 터치했을 뿐인데, 그녀는 경련을 일으킨다. 모두가 놀란 얼굴로 그것을 지켜볼 때, 미스트라가 행동에 나섰다.

"크… 큰일 났어요. 아나샤가 간질을 일으키고 있어요."

미스트라의 호들갑에 병사들이 다가온다.

"뭐라고?"

그들의 표정이 심각하다. 일반적인 노예들이야 죽든말든 상관하지 않는다. 하지만 지금 철창에 갇힌 노예들은 인신공양에 바칠 제물들이다. 혹시라도 제물의 공급에 차질이 생기면 뒷일은 책임지기가 어렵다.

Part 114 : 죽음이 비처럼 내리다

"젠장. 저리 비켜."

몰리튜드 경비가 신경질적으로 외쳤다.

끼이익…….

녹슨 문이 열린다.

미스트라는 뒤로 물러섰다. 이윽고 경비가 바들바들 떨고 있는 여인에게 다가갔다.

"어떻게 된 거야?"

"몰라. 내가 그걸 어떻게 알아?"

의학에 대한 지식이 있을리 만무하다. 한차례 몸을 떨던 그녀는 결국 자연스럽게 죽음을 맞이했다.

"젠장, 재수가 옴 붙으려니. 별일이 다 일어나는구만."

"제사장님께 뭐라고 해야하지?"

"사실대로 일러야지. 별 수 있어."

괜히 이번 일을 숨겼다가는 더 커다란 문제로 이어질 수도 있었다. 그렇게 잡담을 하는 병사들의 뒤를 슬며시 다가가는 이가 있었다.

턱!

미스트라는 그저 그들의 어깨를 살짝 매만졌을 뿐이다. 하지만 그것만으로 둘은 툭하고 쓰러진다.

"……"

"……"

순간 침묵이 그곳을 지배한다. 미동조차 하지 않는다. 눈에는 보이지 않지만, 그녀는 병사들의 영혼을 모두 빨아들인 것이다.

다만 그 사정을 모르는 나머지 노예들은 눈이 휘둥그래졌다.

"다들 움직이지 마라."

그 순간 미스트라가 말했다. 그것은 너무 음산해서 듣기만 하더라도 몸이 저절로 움츠러드는 압도적인 음성이었다. 노예들은 감히 거역하지 못하고 그 자리에 주저앉는다.

루카는 곧 이어 빨아들인 영혼을 조작했다. 인격을 제외하고 오로지 자신의 명령만 듣는 존재로 말이다. 미스트라는 그것을 가리켜 더미(Dummy)라고 불렀다.

쉬이이익……

푸르스름한 혼이 다시 병사들 속에 들어갔다. 그들은 흐리멍텅한 눈빛으로 일어섰다.

죽지 않은 자들은 미스트라의 명령에만 따를 뿐, 그 어떤 감정도 가지지 않는다. 미스트라는 그들로 하여금 모슬헨에게 메시지를 보냈다.

시간은 금방 흐른다.

1시간도 되지 않아서 답장이 왔다. 더미들은 스파이 연락책과 접촉한 것이다.

메시지 내용은 데미갓을 암살해도 되냐는 질문이었고, 그 대답은 전적으로 요원에게 결정을 맡긴다는 것이었다.

'마음에 드는군.'

미스트라는 작게 미소를 지었다. 이제 꾸준히 기다리기만 하면 된다. 하지만 의외로 그 시각이 빠르게 찾아왔다. 일전에 보았던 늙은 몰리튜드가 나타난 것이다.

"문을 열어라."

뭔가 다급한 기색이다.

인신공양은 계절이 바뀔 때마다, 한 두 차례 열렸다. 하지만 무언가 변수가 생겼다. 미스트라는 제사장의 얼굴을 보자마자 알 수 있었다.

"너! 너! 그리고 너!"

제사장은 손가락으로 하나씩 정한다. 총 10명이나 되는 인원이 정해진다.

"모두 데리고 나와라."

제사장의 명령이 끝나자 대기하고 있던 몰리튜드가 우왁스럽게 끌고 나온다. 나가면 죽는다는 것을 아는 여인들은 어떻게든 저항을 한다.

"살려 주세요. 제발……."

그 고함은 공허하기만 했다. 몰리튜드는 무고한 희생자의 해골을 바치는 종족이다. 희생자의 인권따위 챙겨줄 리가 없다.

질질…….

결국 머리채 붙잡혀서 억지로 끌고 나간다. 미스트라는 일부러 순순이 따른다. 이 모든 것은 그녀의 계획이기에.

✤

데미갓은 화가 머리 끝까지 났다. 그들의 자랑스런 군대가 겨우 애머른의 무신론자들에게 박살이 나버렸기 때문이다.

분개한 데미갓은 자리에 분연히 일어서서 천명했다. 신격에 이른 5명의 몰리튜드는 직접 나서서 무신론자들을 처분하기로!

"무도한 놈들을 청소하기 전에, 거하게 식사나 해볼까?"

데미갓 우르고스가 먼저 제안을 꺼낸다. 그러자 나머지 데미갓들이 고개를 끄덕인다.

"안 그래도 고 야들야들한 고기 맛을 본지가 오래 되었지?"

"마음 같아서는 보이는 족족 잡아먹고 싶은데."

"그랬다가는 씨가 말라 버린다고. 생각이라는 것을 해."

서로 티격댄다. 말로는 그렇지만 사실 그들은 막연한 친우 사이였다. 신격을 얻기 전부터 위험한 전장을 함께 헤쳐왔던 전우기 때문이다.

제사장을 불러서 인신공양을 준비하라 일렀다. 그리고 얼마 있지 않아서 바들바들 떨고 있는 여인들이 모습을 드러냈다.

"크크크큭…."

벌서부터 입맛을 다시는 데미갓.

반면에 여인들의 얼굴은 시시각각 핏기가 빠지기 시작한다.

몰리튜드는 여인을 억지로 끄집고 온다. 그리고는 쇠사슬로 이루어진 족쇄로 발목 부분을 잠근다. 도망치지 못하게 하려는 것이다.

물론 묶지 않아도 여인들이 데미갓을 벗어날 수는 없다.

"흐흐흐… 나는 넓적다리가 좋더라."

데미갓 알라오그가 먼저 나섰다. 그의 키는 4m가 넘는다. 손을 뻗쳐서 단 번에 여인의 종아리를 움켜쥔다.

"아아아악!"

어떻게든 살고 싶은 마음에 발버둥을 친다. 손을 이리저리 흔드지만, 무지막지한 힘을 이겨낼 수는 없다.

으적… 으그적…

생살을 그대로 씹어제낀다. 그에 더해 붉은 피가 바닥을 적신다. 엄청난 고통에 연신 비명을 질러대지만, 데미갓은 전혀 신경 쓰지 않았다.

"제발. 이건 꿈이야."

"풀어주세요. 저는 말라서 먹을 것도 없어요."

현실을 부정하는 이도 있었고, 싹싹 빌면서 살려달라고 외치는 이가 있었다. 하지만 그들의 말로는 모두 같았다.

순서대로 하나하나 데미갓의 배속에 사라질 운명이었다.

찌지직…

살점이 뜯겨나간다. 그러자 피가 철철 넘쳐흐른다. 데미갓 우르고스는 쏟아지는 피를 그대로 받아서 마신다.

하나하나 숫자가 줄어든다. 결국 그 순서가 미스트라까지 당도했다.

"흐흐흐… 이건 내가 먹어야지."

데미갓 우르고스는 손아귀를 뻗어서 그녀를 잡았다. 여타 제물과는 다르게 아무런 저항이 없다. 이상하다면 이상한

점이지만,

'무서워서 정신이 나갔나보지.'

미스트라의 머리를 통째로 씹어 먹으려는 찰나.

"으그그극…."

데미갓의 움직임이 멈추었다.

쏴아아아아….

상대가 얼마나 강하든, 혹은 신격을 획득하든 안 하든 상관이 없다. 육체에 혼이 담긴 존재라면, 미스트라의 손길을 피할 수가 없는 것이다.

"우루고스. 식사하다 말고 왜 멍때리는 거야?"

아직 사태의 심각성을 모르는 동료가 말한다. 그러는동안 미스트라는 우르고스의 손에서 풀려나 다른 이에게 다가간다.

허나 각자 제물을 먹기 바쁘지, 그녀에 대해선 어떤 경계도 없었다.

쏴아아아…

하나. 둘. 그렇게 데미갓은 영혼채로 미스트라에게 흡수 당했다. 제 아무리 강력한 힘을 가지고 있다하더라도 그녀의 힘을 막을 수는 없었다.

"어? 너희들 무슨 장난 치는 거냐?"

마지막 남은 데미갓은 그제서야 상황이 심각하다는 사실을 깨달았다. 그저 가볍게 터치했을 뿐인데, 얼음이라도 된 것처럼 꼼짝도 하지 않는다.

"네… 네가 한 짓이냐?"

그 누구도 막강한 데미갓을 쉽게 무력화 시킨 적이 없다. 번쩍 일어난 그는 그렇게 고함을 쳤다.

"네. 그래요."

미스트라는 특유의 온화한 표정을 지으며 말했다. 데미갓은 황당했다. 고작 좁쌀만한 여인에게 데미갓이 전멸 당할 위기에 처할거라고는 예상치 못했다.

"크아아압…."

경솔한 마음을 접고 그는 자신의 신격을 이끌어냈다. 사실 그도 전사로서는 잔뼈가 굵을대로 굵은 몸이다. 상대가 내뿜는 이질적인 기운을 뒤늦게나마 눈치챈 것이다. 물론 지금이라도 그녀를 물리치고 얼빠진 동료놈들을 구할 수 있을거라는 자신감도 내포되 있었다.

하지만.

짝짝…

그녀가 가볍게 박수를 치자, 그 소리와 함께 영혼이 빨린 몰리튜드들이 일제히 움직인다. 영혼이 빠지면서 신격을 잃었기 때문에 더 이상 데미갓은 아니다.

생전의 강력힘에 비하면 손색이 크지만, 대신 죽지 않은 몸이 되기 때문에 고기 방패로는 매우 쓸만하다.

홀로 된 데미갓은 신력을 발휘해서 한 때 동료였던 자들을 후려패기 시작했다. 1:4나 되었지만, 오히려 우세한건 데미갓 쪽이었다.

　신력이 담긴 주먹한방에 예전 동료의 상반신이 단번에 박살나기 때문이다.

　'빌어먹을… 당장 저 년을 때려죽여야 하는데.'
　방해물 때문에 그것이 쉽지가 않았다.
　그러는동안 기회가 찾아왔다. 미스트라가 직접 공격 범위에 걸어 들어온 것이다.

　'옳커니.'
　데미갓은 자신이 할 수 있는 최대의 비기를 쓰기로 했다.
　후으으읍…
　폐를 크게 불리면서 공기를 모운다. 그리고 그녀를 향해서 크게 숨을 내쉬었다.

　'갓 브레스!'
　신의 힘이 담긴 숨결이다. 몰리튜드 데미갓의 필살기라고 할 수 있었다.

　콰과과과…
　그 순간 미스트라의 등에서 하얀 날개가 펼쳐 오르더니 가볍게 하늘로 치솟는다.
　설사 강혁준이라 할지라도 그런 고속 기동은 불가능 할 것이다.

　콰과과과과쾅….

갓 블레스는 파괴적인 힘을 가지고 있었다. 땅을 헤집고 벽을 부순다. 괜히 그 사정거리에 있던 몰리튜드는 영문도 모르고 그 자리에서 즉사당했다.

다만 본래의 목적인 미스트라를 타격하는데 실패했다.

"후우…."

너무 강력한 능력을 써서일까?

데미갓은 잠시 숨을 골랐다. 그리고 바로 그 때에, 그녀가 데미갓에게 쇄도한다.

'위험하다.'

그의 동료는 별 저항도 하지 못하고 당했다. 자신 역시 그렇게 되지 말란 법은 없었다.

부우웅….

자신에게 쇄도하는 미스트라를 향해서 손을 휘둘렀다. 마치 파리채처럼 휘두른 것이다.

데미갓과 미스트라의 체격 차이를 생각해볼 때, 그보다 어울리는 표현은 없었다.

'걸렸다!'

하지만 그건 그의 착각이었다. 미스트라는 가볍게 몸을 비트는 것만으로 그의 공격을 피해내고 공중에서 도약했다.

"후후훗…."

미스트라는 그의 얼굴 앞까지 날아왔다. 그리고 손가락으로 그의 이마를 가볍게 튕겨낸다.

쇄애애애액….

미스트라는 단번에 그의 영혼을 흡수해버렸다.

"아…."

데미갓은 전력이 끊긴 로봇처럼 그 자리에서 멈춘다. 아직 심장은 뛰고 있지만, 영혼이 사라졌기에 천천히 죽어갈 것이다.

미스트라는 가볍게 손을 내저었다. 그녀가 가진 능력은 소울 드레인만 있는 것이 아니다. 마법에도 조예가 깊은 그녀는,

스걱… 스걱….

단번에 데미갓의 목을 베어내버린다. 실적을 보이려면 그 증거가 필요하기 때문이다.

'너무 크네. 들고가기 거추장스럽겠어.'

촤자자작….

그녀는 마력을 이용해서 머리의 수분을 쫙 빼버린다. 마치 미라처럼 쪼그라들었지만, 그녀는 만족했다.

"후후후후…."

지나치게 무심해서, 어딘가 차갑게 느껴지는 눈빛으로 돌아온 그녀는 주변정리를 마쳤다.

사실 마음만 먹었다면, 제물의 희생 없이 데미갓을 암살하는 것도 가능했을 것이다. 다만 그녀로서는 더 효율적인 수를 취한 것일 뿐이다.

데미갓의 수급을 챙긴 그녀는 그 방을 나섰다. 밖에는 이미 수 많은 몰리튜드가 대기하고 있었다.

"데미갓님께서?!"

"어… 어떻게 이런 일이!"

Part 115 : 불편한 동맹

그것은 충격과 공포였다.

몰리튜드에게 있어서 최고의 권위는 바로 반신들이다. 물론 그보다 윗줄은 악신 악시온이지만, 신은 눈에 보이지 않는다.

반면에 반신은 어비스에서 같이 살아 숨쉬고 있으며, 바로 영향을 주는 것이다. 그런 이가 목이 잘린채 둥둥 떠다니고 있으면, 아무래도 큰 충격을 받기 마련이다.

"……."

미스트라는 급히 몰려든 그들이 마음에 들지 않았다. 이유야 어떻게 되었든 앞길을 막고 있기 때문이다.

휘이이잉……

강대한 마력에 의해서 바람이 휘몰아친다. 그것은 무형의 암기가 되어 몰리튜드를 덥친다.

"크아아악…."

데미갓도 그녀 앞에서 얼마 버티지 못했다. 하물며 한낱 조무래기들이 그녀를 막을 수는 없었다.

한 차례 죽음이 그곳을 휩쓸었다. 그녀가 지나가는 곳은 적들의 사체로 가득했다.

그녀는 자신의 날개를 펼쳤다. 이제 이곳을 떠날 때였다.

후우우웅…

순식간에 하늘을 활개치는 그녀.

뒤늦게 몰리튜드 추격조가 편성되지만, 하늘을 나는 그녀를 따라잡을 수 없었다.

✢

미스트라는 자신이 어떻게 데미갓을 사냥했는지 상세하게 고했다. 제일 당황스러운 것은 모슬헨이었다.

'한 명도 아니고 다섯 명이나? 그게 가능하단 말인가?'

그녀의 유능함은 재차 알고 있었다. 하지만 그건 그거고, 지금 이야기는 완번 별개의 것이다. 데미갓은 신격을 부여받았다. 그 강력함을 말할 수 없을 정도의 압도적 존재였다. 물론 살아 있을 적에….

'데미갓을 부상만 입혀도 성공이라고 생각했건만…….'

의외의 성과지만 마냥 좋아할 수는 없었다. 말인즉 다른 마음만 먹으면 애머른의 수뇌부는 그녀의 손에 순식간에 전멸당할 수도 있다는 것이다.

'그녀는 위험하다. 제어할 수 없는 힘은 차라리 없는 것이 좋다.'

반면에 강혁준은 다른 점에서 놀라고 말았다.

'용감한 건가? 아니면 나를 전적으로 신뢰하는 건가?'

혁준은 그것이 내심 궁금했다.

그녀가 이룩해낸 성과는 놀라울 정도다. 그렇기에 군주 된 입장에서 오히려 그녀는 입안의 가시와 같은 존재가 되어버렸다.

배신을 한다면 분명 위협적인 존재가 될 것이 분명하기 때문이다. 만약 강혁준이 소심한 인물이었다면, 어떻게든 그녀를 토사구팽 시키려 할 것이다.

언제 그 위협적인 칼날이 자신에게 돌아올지 모르기 때문이다.

'그걸 모르는 것도 아닐텐데.'

그렇기에 더욱 아리송하다. 미스트라는 멍청한 여자가 아니다. 아니 오히려 누구보다 총명하고 약삭 빠른 면모가 있다. 그런데도 불구하고 자신의 능력을 샅샅이 다 밝혔다.

오히려 그녀는 묻고 있는 것처럼 보였다.

'재미있군. 나를 시험하는 건가?'

그렇다면 답은 뻔하다.

"이번 일은 잘 해주었다. 덕분에 우리의 일이 한층 수월해졌어. 이번 공과는 잊지 않겠다."

강혁준은 그녀를 치하했다. 더불어 손을 저어서 그녀를 물렸다.

"돌아가도 좋다."

강혁준의 명에 그녀는 깊이 고개를 숙였다. 그리고 이내 그 자리에서 빠져나간다.

이로서 몰리튜드의 데미갓은 전멸했고, 그 힘은 절반 이상 깎인 것이나 다름없다. 그들은 더이상 애머른의 근심거리가 되지 못 한다.

그럼에도 기묘한 공기가 그곳을 맴돌고 있었다.

먼저 말을 꺼낸 것은 모슬헨이었다.

"제거해야 됩니다."

다짜고짜 그렇게 말하는 모슬헨. 그는 이미 마음을 정한 듯 했다.

"타당한 이유가 있나?"

혁준의 질문에 그는 바로 대답한다.

"비겁하다는 것은 저도 인정합니다. 하지만 그녀가 다른 마음을 먹을 수도 있습니다. 그녀는 영혼을 조작할 수 있습니다. 그 능력을 우리에게 사용할 수도 있어요."

모슬헨은 잠시 끔찍한 생각을 떠올렸다.

그녀는 영혼을 흡수한 다음에 얼마든지 각각의 개체를 조종할 수가 있었다. 그 말인즉, 쿠데타가 성공하면 애머른의 수뇌부를 꼭두각시처럼 부릴 수 있다는 것이다.

"지금은 저희에게 협조적인 태도를 취하고 있지만, 저는 안심할 수가 없어요."

"이해한다. 하지만 그녀를 단죄할 수는 없어."

강혁준은 그렇게 말했다. 모슬헨이 나타내는 걱정은 알 만하다. 허나 단순히 위험하다는 이유만으로 그녀를 배척하는 것은 옳지 않다.

강혁준이 그렇게 생각하는 이유는 회귀 전의 자신이 생각나서였다. SSS급 각성자로서 그 누구보다 강력했지만, 그렇기에 많은 이들로부터 배척을 당했다.

미스트라도 마찬가지다. 그저 가진 힘이 막강하다는 이유만으로 배신을 당한다면, 회귀 전 강혁준을 배신한 인간 클랜과 다를 바가 없다.

"절대 바보 같은 일은 하지 마라. 모슬헨."

혁준은 힘을 주어 강조했다. 혹시 그가 따로 일을 꾸밀지도 모르기 때문이다.

"지금 우리의 적은 그녀가 아니다."

"알고 있습니다 하지만…."

여전히 안심하지 못하는 모슬헨. 하지만 강혁준은 한 마디로 상황을 정리했다.

"문제가 생기면, 내가 처리한다."

강혁준이 말하는 바는 간단하다. 자신은 미스트라를 품을 수 있을만큼 큰 그릇이라는 점이다.

'설사 그녀에게 도로 집어삼켜진다면?'

혁준은 그런 미래를 예상해보았다. 물론 전혀 가능성이 없는 이야기는 아니다. 그럼에도 혁준은 생각을 바꾸지 않는다.

'나란 인간은 겨우 그 정도 밖에 되지 않았다는 거겠지.'

강혁준은 오히려 그녀가 도전하기를 바랬다. 그럼 그대로 자신의 능력을 시험할 수 있는 기회가 되기 때문이다.

"알겠습니다."

모슬헨도 결국 수긍하고 말았다. 아무리 충심으로 이야기한다고 한들, 결국 자신의 위치는 조언자에 지나지 않는다.

결정은 군주인 강혁준이 하는 것이다. 그리고 그는 이미 선택을 했다. 그렇다면 그것을 따르는 것이 신하된 도리였다.

'그렇지만 그녀의 감시등급을 올리고 더 많은 요원을 배치할 필요가 있다. 그녀의 속마음은 아직 아무도 알 수 없으니…'

✣

그 이후,

애머른의 군단은 파죽지세로 밀고 올라갔다.

쿠드드득…

강혁준이 이끄는 군대는 악시온의 제단을 무너뜨린다. 해골로 이루어진 제단은 악신을 섬기기 위해서 제작된 것이다. 그것을 무너뜨림으로서 악시온의 영향력을 최소화시킨 것이다.

"아… 안 된다."

나이 든 몰리튜드가 앞을 가로막는다. 그들은 제사장으로서 의식을 주관하거나 제물을 선정하는 역할을 한다.

"저리 썩 꺼져."

젊은 병사들이 단번에 그를 밀쳐냈다. 상부에서 무분별한 살인은 막고 있어서 참고 있을 뿐이다. 결국 제사장은 병사들에 밀려 쓰러졌다.

"아아악…"

젊을 적엔 어쩔런지 모르겠지만, 지금은 오늘 내일하는 노인네다. 그렇게 내동댕이치는 것만으로 뼈가 부러진 것이다.

"퉤. 어디서 엄살이야? 가증스러운 놈들."

병사들은 제사장의 얼굴에 침을 뱉었다. 지금이야 피해자

코스프레를 하고 있지만, 그들 손에 의해 죽어간 제물이 부지기수였다.

화르르륵…

곧이어 불길이 그곳을 휩쓴다. 신전 자체를 불태우는 것이다. 그것은 멀리 있는 곳에서도 확연하게 들어났다.

"순조롭게 진행 되어가는군."

강혁준은 멀리서 그것을 지켜보고 있었다. 점령지를 돌아보는 그의 곁에는 루카가 지키고 있었다.

"네. 이것으로 악시온의 영향력은 완전히 무너졌어요. 다만 완전히 근절시킬 수는 없을 테지요."

악신은 그 존재자체만으로 불멸이며, 필멸자로서 그들을 죽일 방법이 없다. 그를 믿는 신도가 단 하나만 있더라도, 어비스에 영향력을 행사할 수 있는 것이다.

"이게 최선일까?"

혁준은 답답한 목소리로 말한다. 지금 제단을 무너뜨리는 것은 미봉책에 불과하다.

그의 세대에서 악시온의 세력이 창궐하는 일은 없을 것이다. 하지만 수백년 아니 수천년이 지난 후에는?

'어쩌면 그들이 다시 돌아올지도 모르지.'

악시온은 자신의 신도에게 막강한 권능을 부여한다. 반대로 제물을 바쳐야한다지만, 몇몇 이들에게는 그것만으로 충분히 매력적이리라.

악신이라는 존재는 뿌리 뽑고 싶어도, 어떻게든 다시 자라는 잡초와 비슷한 존재였다.

"당신은 최선을 다했어요."

루카가 그의 손을 잡아준다.

"고마워. 아직 악신을 모두 물리친 것도 아닌데."

혁준은 고개를 끄덕인다. 아직 해야 할 일은 많이 남았다.

"여기도 대충 마무리가 되었군. 다른 악신들의 대응은 어떻지?"

"우리가 빠르게 손을 쓴 탓에 저들은 아직 상황을 파악하지 못한 것 같아요. 아무래도 지상의 공격에 더 신경을 쓰는 모양인가봐요."

다만 그것은 시간 문제일뿐이다. 뒤늦게 뒷통수를 맞은 것을 알게 되면, 서로 힘을 합칠 것이 자명하다.

'그 전에 적어도 한쪽 진영은 더 섬멸해야 돼.'

이미 계획은 세워둔 바가 있었다. 강혁준은 그것 때문에 잠시 망설였다.

"이미 모슬헨에게 들었어요. 내일부터 탈리카를 상대하기 위해서 떠난다면서요?"

그녀가 먼저 말을 꺼낸다.

"그래. 하지만 너무 걱정은 하지 마. 이기기 위해서는 꼭 해야 할 일이니까."

애머른의 군단이 몰리튜드를 정리하는 동안, 강혁준은 마냥 기다릴 수 없었다.

혁준은 가볍게 그녀를 포옹해주었다. 그녀의 몸은 약간 떨리고 있었지만, 이내 그를 놓아주었다.

"그럼 다녀올게."

루카는 작게 고개를 끄덕였다.

╬

그 날 오후.

강혁준은 스카이워커를 부대를 데리고 어딘가로 향했다. 스카이워커는 고속이동이 가능한 부대로서 그 쓰임새가 매우 다양했다.

몇몇 병종에 한해서는 압도적인 위력을 발휘하지만, 단점이 있다면 스카이워커 하나를 육성하기 위해서 많은 비용이 든다는 것이다.

휘이이이…

얼마 있지 않아서 그들은 고지대의 구릉에 도착한다. 그리고 거기에는 이미 손님이 대기하고 있었다.

"오렌만이군."

강혁준은 미소를 지으며 손을 내밀었다. 그 손을 마주 잡은 이는 콧대 높은 어린 왕, 바로 드라고니안의 술탄인 아자니였다. 동맹 이후 3년이 지났지만, 그 때와 달라진 모습을 찾아 볼수가 없다.

인간에 비해 성장이 더디다는 그들 종족 특유의 성질이었다.

"멀 길 오느라 수고했소."

"천만에. 그보다 제법 많은 수가 집결했군."

아자니 뒤편으로는 형형한 눈빛의 드라고니안 전사가 즐비했다.

"어중간하게 할 것이라면, 처음부터 거절했을 것이오. 이쪽도 나름 리스크가 있으니까. 확실하게 하자고 정했을 뿐이오."

드라고니안은 비록 그 숫자가 적지만, 하나하나가 매우 강력한 전사들이다. 그들의 변신능력은 다재다능하고 여러 변수에 대처하기 쉽다.

무엇보다 드라고니안 역시 기동성이 뛰어나다. 빠르게 하늘을 날 수 있기에, 게릴라 작전에 특화된 것이다.

"다만 마음에 들지 않은 것이 있소."

불만이 가득한 표정으로 아자니가 말한다.

"어쩔 수 없어. 탈리카를 이기기 위해서 인섹트의 물량이 필요하니까."

드라고니안과 스카이워커가 하는 일은 적의 후방을 뒤흔드는 것이다. 그렇다면 그동안 탈리카의 본진을 상대하는 이가 필요한데, 그것이 바로 인섹트가 할 일이었다.

"흠… 할 수 없지. 하지만 이번 일이 끝나면 다시는 그들과 같이 일하고 싶지 않소."

인섹트와 드라고니안은 철천지 원수였다. 강혁준에 의해서 그들 사이에 평화가 찾아왔지만, 아직 때 묵은 감정이 사라진 것은 아니었다.

Part 116 : 말미잘

그 이후,

강혁준과 드라고니안은 서로 헤어졌다. 각자 자신의 역할을 이행하기 위해서였다. 스카이워커는 그대로 드라고니안과 합류했다.

반면 강혁준은 홀로 움직였다. 그가 향하는 곳은 바로 인섹트들의 집결지였다.

찌르르르…

거대한 곤충 형태의 인섹트가 자세를 낮춘다. 이미 그의 지위는 여왕보다 높은 상태다. 생사여탈권을 가진 존재로서 모두 그의 명령을 따르게 되어있다.

-주인이시여, 인섹트 무리 50만이 준비되었나이다.

그리고 새로이 성체가 되는 이들은 곧바로 전장에 투입할 수 있게 준비하겠습니다.

강혁준에 의해 여왕은 카산드라라는 이름을 가지게 되었다. 카산드라는 강혁준의 강력한 카드로서 이번 전투에서 그 위력을 톡톡히 보여줄 것이다.

두두둑….

땅 밑에서 일제히 기어나오는 인섹트들, 그 물량은 끝이 없을 정도다. 허나 카산드라가 마음만 먹으면 이정도 물량은 단 3달만에 뽑아낼 수 있다. 물론 식량 문제가 먼저 해결되어야겠지만.

어쨋든 그녀의 생식능력은 어비스의 그 누구도 따라가지 못할 것이다.

강혁준과 인섹트는 천천히 진군을 시작했다. 강혁준과 인섹트 군단의 역할은 바로 미끼다. 애초에 인섹트 무리만으로 탈리카의 군단을 모두 상대하는 것은 불가능하다.

하지만 탈리카의 군단을 상대하는 동안, 드라고니안과 스카이워커가 적의 후방을 교란한다면 어떨까?

'놈들은 발등에 불이 떨어진 것과 마찬가지겠지?'

신격을 유지하려면 신도의 믿음이 중요하다. 하지만 드라고니안 군단에 의해 신전과 제단이 파괴된다면, 결국 탈리카의 영향력도 줄어들터.

결국 강혁준이 승리할 수밖에 없다.

진군을 시작한지 얼마 되지 않아서, 탈리카의 군대가 저 멀리 보인다.

"미끼를 물었군."

강혁준은 미소를 지었다. 상대가 대비를 갖출 수 있도록 시간의 여유를 둔 것이다. 하지만 탈리카측은 그것을 알 리가 없다.

그들이 보기에는 벌레 군단이 미쳐서 날뛰는 것으로 보이리라.

"일단 어느정도 저기 장단에 맞춰줘야지."

강혁준은 손을 들어서 탈리카의 군세를 가리켰다. 그러자 수십만의 인섹트가 일제히 달려든다.

케르르륵…

어떤 이는 땅바닥을 파고드는가 하면, 어떤 개체는 날개를 펴서 하늘 높이 활공을 하기도 한다. 각각 싸움법은 다르지만 동일한 특징이 있다면, 그것은 무질서하다는 점이다.

인섹트의 두뇌 용량은 매우 작다. 거의 본능에 따라 움직이는 것에 불과하기에, 복잡한 명령은 처음부터 내릴수가 없다.

여왕이라면, 세세한 명령을 내릴 수도 있을 것이다. 하지만 강혁준은 큰 가닥의 명령만 내릴 수 있었다.

그 시각.

탈리카의 군단을 이끄는 데미갓의 이름은 민스터와 루칼이었다. 그들은 이번 전투에 대해서 큰 감흥이 없었다.

그보다, 요새 들려오는 몇 가지 불길한 소식이 그들의 신경을 곤두서게 만들었다.

"민스터, 그 이야기 들었던가?"

"무슨 이야기."

"몰리튜드 놈들이 무신론자들에게 싹 밀렸다는군."

"설마? 그런 질 나쁜 농담을 믿는 건가?"

정확한 정보는 그들도 접하지 못했다. 몰리튜드의 몰락은 너무 급작스러운 것이라서 아직 그 소식이 널리 알려지지 못한 것이다.

루칼이 들은 정보도 갓 들어온 소식이며, 그 진위여부가 아직 밝혀지지 않은 것이다.

"그 겁쟁이들이 먼저 전쟁을 걸었다고? 지나가는 개가 웃을 일이구만."

민스터는 가소로운 표정을 지으며 말했다. 그만큼 고정관념이란 무서운 것이다. 무신론자는 신의 가호를 받지 못한다. 그 숫자는 절대 무시할 수 없는 수준이지만, 여태까지 좁은 도시에 틀어박혀서 늘 4대 세력의 눈치만 보던 이들이다.

"어쨌든 놈들이 전쟁을 일으킨 것은 사실이다. 뭔가 꿍꿍이가 있을지도 모르지."

"솔리튜드 그 저능아들이 설사 무신론자 놈들에게 개박살을 났더라도. 나는 상관없어. 놈들이 이곳에 온다면 탈리카님의 분노를 직접 알려줄 기회가 될 테니까."

민스터는 오래전부터 강력한 전사로 이름 높았다. 하지만 그의 단점은 너무 오만하다는 점이다. 자부심이 때때로 강력한 동기를 부여하지만, 지금의 일처럼 스스로를 파멸의 늪으로 밀어넣기도 한다.

"그것보다. 슬슬 벌레들이 이곳에 오는군."

"대체 이해가 가질 않아. 인섹트 놈들의 거주구역은 이곳이 아닐진대 말이야."

루칼은 왠지 모르게 불길한 느낌을 받았다. 게다가 인섹트 개체 하나하나는 멍청하지만, 그것을 다스리는 여왕은 멍청하지 않다.

탈리카의 군세가 비록 줄어들었다고는 하지만 고작 인섹트 무리가 넘볼 상대는 전혀 아니었기 때문이다.

"모르지. 요새 날씨가 더워져서 뇌가 맛이라도 간 모양이겠지."

민스터는 자리에서 벌떡 일어선다.

"어디를 가는 건가?"

"찝찝한데 직접 나가보려고. 이대로 가만히 앉아있으려니 심심하잖아."

"그건 그다지 좋은 생각이 아닌 것 같은데? 좀 더 상황을 지켜보자고."

루칼은 그를 말렸다. 하지만 다혈질인 민스터는 그의 말에 귀를 기울이지 않았다.

"흥……. 걱정도 팔자군. 놈들을 섬멸하고 올테니까. 자네는 이곳에서 편하게 구경이나 하게나."

그러고는 단번에 떠나버린다. 데미갓은 서로 동료의 위치일뿐, 서로 상하관계는 아니었다.

그것은 그들에게 큰 약점으로 작용한다. 군대는 체계화된 명령체계가 있어야 하는데, 데미갓의 특수한 지위는 그것을 크게 방해하는 것이었다.

"이런…."

루칼은 그저 아무 일이 없기를 바랄 뿐이다.

✤

우와와와….

채채챙…

전장의 열기가 뜨거워진다. 인섹트와 탈리카의 변이 군단이 어지러이 섞여 들었다.

푸화아악…

기형적으로 변이된 탈리카의 군단의 능력은 막강했다. 단단한 키틴질 껍질을 단번에 깨부수었기 때문이다.

"끼이이익…."

인섹트의 몸이 두동강난다. 전체적인 양상은 탈리카 군단의 압승이었다. 다만 인섹트가 물량이 많고, 죽음에 두려움이 없었기에 망정이지, 그렇지 않았다면 단번에 패퇴했을 것이다.

그리고 무엇보다 인섹트의 피해가 점차 커지는 이유가 있었는데, 그것은 바로 데미갓 민스터의 위력 때문이었다.

"우하하하하…."

민스터가 호탕하게 웃어 젖힌다. 하지만 그저 호탕한 웃음소리를 듣는 것만으로 인섹트의 몸이 터져나간다.

민스터의 특이 능력은 음파를 이용해서 상대 육체를 파괴시키는 것이다.

이른바 공진 현상을 이용한 것이라고 볼 수 있는데, 민스터는 직감적으로 각각의 물체에 대한 고유 진동을 파악하는 능력이 있었다.

민스터는 거기에 한술 더 떠서 자신의 목소리를 이용해서 적의 육체를 끊임없이 진동을 일으킬 수 있다. 그리고 결국 그것을 이용해서 몸을 터뜨리는, 무시무시한 파괴력을 일으키는 것이다.

푸화아악…

수천의 인섹트가 순식간에 줄초상을 치른다. 그것의 파괴력은 너무 급진적이었고, 광범위했다.

"크하하하하…."

신이 난 민스터는 더욱 호통하게 웃었다.

"거참 가만히 듣고 있자니, 너무 시끄럽군."

바로 그 때,

민스터의 앞을 막아선 이가 있었다. 데미갓은 하나 같이 거인의 형태를 취하고 있다. 그에 비하면 강혁준은 어린아이나 다를바 없었다.

"이상하군. 너는 어찌 죽지 않은 것이지?"

그가 나타나는 즉시 민스터는 음파공격을 가했다. 하지만 상대는 그 어떤 괴로운 기색도 없었다.

"돼지 목 따는 소리가 거슬리긴 하지만, 그렇다고 죽을 정도는 아니지."

민스터의 질문에 강혁준이 짧게 대답했다. 애초에 강혁준이 가진 내구력은 인섹트와 비교할 수도 없을 정도다.

음파공격은 분명 광범위하지만, 강력한 개체에게는 그 위력이 반감되는 단점이 있었다.

"하! 그리고보니 이 벌레를 몰고 온 놈이 바로 네 녀석이군."

"그래. 멍청하게 생긴 상판대기와는 다르게 눈치는 조금 있군."

강혁준은 바로 민스터의 추측에 동의해주었다.

"후후후후…. 나름 재주는 있는 모양이다만, 그 상대를 잘못 고르지 않았느냐? 이제와서 후회해도 소용 없지만."

민스터는 등에서 거대한 곤봉 두 개를 꺼내들었다. 여태까지 그저 음파를 내 뱉는 것만으로 인섹트를 정리할 수 있었지만, 저 조그만 인간에게는 그것이 통하지 않았다.

'때려죽이면 간단하게 해결될 문제지만.'

민스터는 복잡한 것을 싫어했다. 앞을 가로막는 장애물은 치우면 그만이다.

"죽어라!"

부우우웅….

어마어마한 속도로 내려치는 민스터. 반면에 강혁준은 거대한 기둥이 자신의 머리를 향해 짓이쳐 오는데도 불구하고 한가하기만 하다.

쾅!

곤봉은 단번에 땅을 깊게 파고들어갔다.

"훗… 조무래기 새끼."

민스터는 무기를 거두어들였다. 이제 그 아래에 피떡이 된 시체 하나가 있을 것이다.

하지만….

"느려."

멀지 않은 곳에 하품을 하면서 말하는 자가 있었다.

"헉…."

민스터는 놀라고 말았다. 분명 빗나가지 않았다고 여기었건만.

스르르릉…

강혁준은 자신의 무기를 꺼내었다. 푸른 화염이 넘실거리는 프르가라흐였다.

"네 놈의 정체는 뭐냐?"

"어차피 죽을 놈인데, 일일이 알려줄 생각 없다."

강혁준은 그에게 달려들었다.

타다닥!

가볍게 도움닫기 했을 뿐이지만 순식간에 5m가량 뛰어오른다.

스거걱….

민스터는 공격을 막으려고 했다. 하지만 강혁준은 이미 그를 지나치고 난 후였다.

푸화아아악!

그의 가슴부위가 조개처럼 열리고 붉은 피가 분수처럼 솟구쳤다. 하지만 강혁준은 혀를 가볍게 찬다.

"쩝. 역시 한 방에는 안 죽는군."

있는 힘껏 내질렀건만 민스터를 단번에 죽이는 것은 역부족이었다.

"허어억…."

반면에 민스터는 놀란 눈으로 강혁준을 바라볼 뿐이다.

데미갓을 이길 수 있는 자는 데미갓뿐이다. 여태까지 그것이 어비스의 상식이었다.

하지만 신격을 가지지 못한 강혁준이 데미갓을 가볍게 가지고 놀 것이라고는 생각지도 못한 일이다.

"탈리카여. 미천한 종에게 힘을…."

그는 간절한 목소리로 기도를 올린다. 맨몸으로 강혁준을 상대하는 것은 바위에 계란치기나 다름없다. 발휘할 수 있는 비기는 당장 선 보이는게 중요하다.

쿠구구구궁….

신의 힘이 역사한다. 동시에 민스터의 몸이 움찔거리면서 변이하기 시작한다.

'귀찮아지기 전에 처리한다.'

민스터의 모습이 심상치 않다. 강혁준은 팝콘이나 뜯으면서 그것을 지켜볼 생각은 없다.

'합체 장면을 하나하나 다 볼만큼 여유 있는 성격은 아니라서.'

강혁준은 단번에 달려들었다. 이번에는 단번에 그의 몸을 두동강내버릴 작정이었다.

그오오오오…

강혁준의 육탄 공격은 어이없이 막히고 말았다. 민스터의 거대한 몸에서 뛰쳐 나오는 것은 수백 개나 되는 촉수였다.

파바바박….

"으음….."

몇 개는 검을 휘둘러서 잘라내었다. 하지만 하나를 자르면 열 개가 더 몰려들었다. 하는 수 없이 뒤로 물러났다.

그오오오오…

원치 않지만, 거대한 민스터는 신의 힘을 빌어 변이하고 말았다. 변이를 마친 모습을 본 강혁준의 뇌리에는 한 가지 생각만 가득찼다.

'뭐야? 완전 말미잘이잖아?'

Part 117 : 빈집을 털다

"쿠어어어어어…."

변이를 마친 데미갓은 촉수를 이용해서 주변을 휩쓸었다. 촉수는 적군 아군 가리지 않고 닥치는대로 파괴한다.

콰콰콰!

강혁준도 연이어 뒤로 점프하며 물러났다. 사이즈도 사이즈지만, 그 사이즈에 어울리지 않는 빠른 공격에 하마터면 낭패를 볼 뻔했다.

'이거 만만치 않은데?'

상대는 지치는 법이 없었다. 오히려 시간이 갈수록 더욱 요동을 친다.

'놈이 강해진 건 까다롭지만, 상황을 이용할 수는 있겠어.'

피아 식별을 하지 못하는 적이라면 방법이 없지는 않다. 강혁준은 텔레파시를 이용해서 인섹트를 뒤로 물렸다.

"키이이익…."

생사를 도외시하고 전투를 벌이던 인섹트가 일제히 물러난다. 각각의 개체가 가진 전투력은 손색이 있을지라도, 기동력만은 발군이다.

인섹트가 다리에 힘을 주어 한번 점프하면 20m는 가볍게 뛴다. 등 부위에 달린 날개가 점프력을 향상 시켜주는 셈이다.

파다다닥…

전장에서 순식간에 빠져나가는 인섹트.

나머지 탈리카의 군대가 그것을 쫓으려 따라왔다. 그 순간 강혁준은 큰 스킬 한 방을 터뜨렸다.

"아니즈마 블라스터!"

빛 기둥이 적을 강타한다. 추격을 단번에 단념시킬 정도로 위협적인 기술이었다.

"크아아악…."

"어떻게 이런 일이!"

제법 많은 수가 순식간에 분자단위로 스러졌다. 하지만 문제는 그것뿐이 아니다.

스멀스멀…

말미잘의 촉수가 주변에 있던 군단을 마구 집어삼킨다.

신의 힘을 통해 강해진 것은 장점이다. 강혁준조차 함부로 다가가기 어려울 정도였으니까. 하지만 광폭화한 그는 오히려 자신의 군단을 집어삼키기 시작했다.

"데미갓이여. 제발 눈을 뜨소서."

"아아악……"

수만의 병사가 학살당하기 시작한다. 촉수는 강혁준도 노렸지만, 그럴 때마다 요리조리 피할 뿐 상대를 않는다.

"뒤로 물러나라. 뒤로……"

탈리카의 군단은 임시방편으로 사방으로 흩어졌다. 아군한테 죽은 것만큼 개죽음도 없기 때문이다. 그것은 나름 실효성을 거두었다.

막강한 위력을 드러내고 있지만, 민스터는 그 자리에 뿌리 박혀서 다른 곳으로 움직일 수 없었기 때문이다.

'나도 슬슬 자리를 뺄까?'

소기의 목적은 달성했다. 마음 같아서는 데미갓을 베어내버리고 싶지만, 아직 수십만에 해당하는 탈리카의 군단이 주변에서 대기하고 있다.

그리고 멀지 않은 곳에 적의 예비대가 있다. 전투가 길어지면 루칼이 나머지 군단을 끌고 올지도 모른다.

'숫자에 갈려나가는 것은 절대 사절이지.'

자기 한몸 건사하는 것은 어렵지 않다. 다만 쉬지 않고 적에게 시달리다보면 어떤 실수를 할지도 모른다.

타다닥…

혼란한 정세를 틈을 타서 강혁준도 그곳에서 벗어났다. 그것을 눈치채고 몇몇 병사가 그 앞을 막으려고 했다.

푸화아아악….

일참.

프르가라흐를 휘두르는 것만으로 단번에 두동강이 나버린다. 일반병들로는 수준 차이가 나는 상대다.

강혁준은 전장을 유유히 빠져나갔다.

※

혁준은 멀지 않은 곳에서 인섹트 무리와 합류했다. 그는 곧바로 카산드라와 텔레파시를 나누었다.

-피해는 얼마나 되지?

-13만 2452 개체가 돌아오지 못했습니다.

생각보다 피해가 크다.

탈리카의 변이 군단을 상대하기에 인섹트의 전투력은 손색이 있었다. 만약에 적절한 타이밍에 강혁준이 도와주지 않았다면 전멸을 면치 못 했을 것이다.

-허나 주인이여. 걱정하지 마시옵소서. 새로운 군단 20만이 곧 도착하나이다.

-20만?

혁준은 혀를 내둘렀다.

-너무 많이 보내는 게 아닌가? 둥지를 유지할 숫자는 있어야지.

-그것은 문제가 안 됩니다.

카산드라는 그 이유에 대해서 설명했다.

성장 촉진 호르몬.

전쟁을 하면 제 아무리 인섹트라 할지라도 많은 수의 병력을 소모한다. 그럴 때를 대비한 능력으로서 유생 단계의 인섹트를 단번에 성장시키는 호르몬을 분비한다.

그것을 받은 인섹트의 성장속도는 가공할정도로 빨라진다. 평소보다 5배는 빨라지기 때문에 말 그대로 물량전에 특화된 종족인 것이다.

"그거 듣던 중 반가운 소리군."

숫자란 것은 많으면 많을수록 좋은 것이다. 물론 이대로 탈리카의 군단을 전멸시키는 것은 불가능하다. 하지만 차륜전을 통해서 적의 병력을 깎아 먹는 것은 가능하다.

✣

반면에 탈리카의 군세는 완전 초상집 분위기였다. 실력이나 규모나 절대 질 리가 없는 싸움이었다.

하지만 강혁준에 의해서 민스터는 죽을 뻔했고, 많은 수의 병력이 소모되었다. 무엇보다 그 과정이 좋지 못했다.

갑작스런 변이는 부작용을 발생시킨다. 목숨에 위협을 느낀 민스터는 일단 살아남기 위해서 변이했고, 그 결과 많은 수의 병졸이 희생당한 것이다.

"빌어먹을…."

콧대가 센 만큼 민스터의 자괴감은 한층 심해졌다. 고작 한명의 적에게 죽음의 공포를 느낀 자신이 너무 부끄러운 것이다.

"……."

옆에서 지켜보던 루칼은 아무 말도 하지 않았다. 상대의 성질도 알고 있거니와, 괜히 그를 자극해봤자 나아질 것이 없었다.

"루칼."

민스터가 먼저 말을 꺼내었다.

"말을 해보게나."

"도와주게. 도저히 오늘의 치욕을 잊을 수 없어."

그가 도움을 요청하는 일은 처음 있는 일이었다. 그만큼 충격이 컸던 탓이다.

"그것보다 적의 정체를 알아야 하네. 단순히 벌레들의 난동이 아니야."

루칼은 뒤늦게 전장을 방문했다. 하지만 강혁준이 일으킨 참사를 확인할 수 있었다.

"누구의 소행으로 보이나?"

"이런 일을 벌일 수 있는 자들은 많지 않아. 다만 그에게서 그 어떤 신의 힘도 보이지 않았지."

"자네도 같은 생각을 하고 있나?"

"그래. 아마도 무신론자들의 소행이 분명해."

여태까지 무신론자는 변방에 박혀서 눈치나 보는 존재에 불과했다.

"이유는 모르겠지만, 우리의 지상 침공을 알아차린 것이 분명해. 그렇지 않다면 이렇게 타이밍 좋게 쳐들어올 리가 없지."

4대 악신은 서로 친하지 않다. 대 놓고 전쟁을 하는 것은 아니지만, 그렇다고 서로 협력을 구하지도 않았다.

만약 몰리튜드가 초토화되었다는 것을 알았다면, 이렇게 어설픈 모습을 보이지는 않았을 터였다.

"놈은 강해. 그건 인정할 수밖에 없다. 하지만 너와 내가 힘을 합친다면 이겨낼 수 있다."

민스터는 자신 있게 말했다. 그는 여전히 복수만을 생각하고 있었다.

"……"

반면에 루칼은 계속 불안한 느낌을 받았다. 왠지 적이 노리는 것이 따로 있는 것 같다는.

⚜

다음 날.

강혁준을 비롯한 인섹트는 또 다시 슬금슬금 진격을 한다.

"루칼. 적들이 저기 있다. 이번에야말로 놈들을 끝장내야 한다."

민스터도 어제처럼 혼자서 움직일 생각은 못 했다. 강혁준에게 된통 당한 것이 교훈이 된 모양이다.

"안 돼. 우리는 이곳을 지킨다."

루칼은 바로 거절했다.

"뭐? 이유가 뭔가?"

그의 질문은 당연했다. 루칼은 찡그린 표정으로 말했다.

"적의 병력은 우리보다 한 수 뒤처진다. 그런데도 불구하고 싸움을 건다는 것은, 뭔가 숨기고 있다는 것이다."

"……."

"이대로 적과 맞붙는 것은 하책이야. 적어도 놈의 꿍꿍이를 알아야 해."

신중한 그의 말에 민스터는 가슴을 두드렸다.

"속임수를 쓴다면, 힘으로 누르면 그만이야. 그런 것도 모르는가?"

민스터는 여러번 출정을 외쳤지만, 루칼은 고개를 저었다.

그 시각, 반대편 진영.

강혁준은 팔짱을 낀채 적의 진영을 살피고 있었다.

"전보다 신중해졌구만."

강혁준은 만족한 미소로 말했다. 강혁준이 노리는 것은 적의 군단을 한 자리에 지연시키는 것이다. 이렇게 싸우지 않더라고 강혁준 입장에서는 손해볼 것이 없었다.

시간이 지루하게 흐른다.

두 군대는 일정한 거리를 두고 계속 대치만 했다. 그것은 꽤나 피곤한 상황이었다.

명령만 떨어지면 언제든지 싸울 태세를 갖추기가 얼마나 어려운지 겪어보지 않은 사람은 모른다.

하루…. 이틀…. 시간은 지났다.

그동안 전투가 일어나지 않은 것은 아니다. 간혹 국지전이 일어나긴 했지만, 전면전은 나오지 않았다.

그러기를 일주일.

참다참다 못한 민스터가 발칵 소리를 쳤다.

"나는 더 이상 못 기다리겠네."

사실, 다혈질인 그가 이만큼 참은 것도 대단한 것이다.

"어제 그렇게 당하고도 정신을 못 차린 것인가?"

루칼이 나서서 말했다. 하지만 그것은 오히려 그의 자존심을 건드릴 뿐이다.

"크으윽…."

하지만 자존심보다 목숨이 더 소중하다. 결국 다시 자리에 앉고 마는 민스터.

바로 그 때에,

전령이 찾아왔다.

"데… 데미갓이여…."

전령은 숨을 헐떡이고 있었다. 아무래도 급한 소식을 가지고 온 모양이다.

"무슨 일이냐? 차근차근 말 해보아라."

루칼의 말에 전령은 엄청난 소식을 전했다.

"드… 드라고니안이 본국에 침범했습니다. 그들은 일차적으로 신전을 부수고 있다고 합니다."

"뭐… 뭐라?"

데미갓 루칼과 민스터는 그 자리에서 일어났다. 예상치도 못한 소식에 그들은 얼이 빠졌다.

이윽고 루칼이 크게 소리쳤다.

"이… 이러고 있을 때가 아니다. 얼른 회군 해야 돼!"

"빌어먹을 처음부터 이걸 노리고 있었단 말인가?"

인섹트는 처음부터 시간을 끄는 것이 주목적이었다. 그것도 모르고 루칼과 민스터는 적의 의도대로 움직인 것이다.

군단은 곧바로 후퇴를 시작했다.

✛

"드디어 알아차린 모양이군."

멀지 않은 곳에서 강혁준이 중얼거렸다. 드라고니안과 스카이워커는 게릴라에 특화되어 있다. 기동력이 받쳐주기 때문에 적의 본진은 초토화된 것이나 마찬가지다.

'그런데 너무 늦었어.'

강혁준은 미소를 지었다. 이제와서 회군을 해봤자, 남은 것은 잿더미뿐이다.

강혁준은 인섹트에게 진격 명령을 내렸다. 저들이 편하게 후퇴해줄 생각은 전혀 없었다.

'편히 보내줄 생각은 처음부터 없었다고.'

강혁준의 명령에 따라 인섹트 대군이 움직인다. 요 며칠간 증원된 병력 덕분에 그 숫자는 크게 불어나 있었다.

다다다다…

누런 먼지가 크게 피어오른다. 그것은 루칼과 민스터도 볼 수 있었다.

"적들이 쫓아오고 있습니다."

뒤늦게 병졸 하나가 소리쳤다.

"나도 알고 있어!"

화가 난 민스터가 소리쳤다. 그리고는 루칼을 쳐다보면서 화를 터뜨렸다.

"이제 어떻게 할텐가? 내 말대로 저들을 쓸어버렸다면, 이런 꼴은 당하지 않았지!"

민스터가 손가락질을 하면서 화를 내었다. 루칼은 그의 분노에 말이 궁색해졌다.

너무 신중하게 움직인 탓에 적의 노림에 빠져들었기 때문이다.

"흐으음…."

신음을 흘리지만, 그렇다고 뾰쪽한 방법이 나오지는 않았다.

"이대로 회군한다 한들, 저들에게 갉아먹히겠지. 차라리 놈들과 크게 한판하는 게 어떨까?"

민스터의 말에 루칼도 하는 수 없이 고개를 끄덕인다. 마음에 들지 않지만, 이대로 추적을 받으면 회군 속도가 더 떨어질 것이다.

"알았네. 그렇게 하지."

Part 118 : 합체하다

빈집이 털린 탈리카의 군단은 곧바로 회군을 준비했다. 그리고 강혁준은 그 뒤를 추격했다.

'흐으음….'

그와중에 강혁준은 심상치 않은 기색을 느꼈다. 적의 진영이 넓게 퍼지기 시작한 것이다. 게다가 회군 속도도 눈에 띄게 느려졌다.

'어색한 후퇴는 뻔하지.'

하지만 강혁준은 적들과 한바탕 놀아주기로 마음 먹었다. 그는 인섹트로 하여금 몇 가지 명령을 숙지토록 했다.

복잡한 명령은 어렵지만, 지금 그가 시키려는 일은 그리 복잡한 것이 아니었다. 일부 인섹트가 강혁준이 한 명령을 알아듣고 뒤로 빠지기 시작했다.

"나머지는 나를 따라라."

강혁준을 필두로 한 인섹트가 적의 후미에 따라붙었다.

그 시각.

민스터는 뒤로 따라붙는 인섹트 무리를 보고 박수를 쳤다.

"지금이다. 전군! 반전해서 적을 무찔러라!"

민스터의 힘찬 함성이 울려 퍼진다. 그에 발맞추어 병사들이 성난 기세로 돌진한다.

콰아아앙!

마치 기다리고 있었던 것처럼 해일처럼 부딪힌다. 루칼과 민스터의 합류탓일까? 인섹트 무리는 힘도 제대로 못 쓰고 무너지기 시작했다.

"지금이 기회다. 저들을 모두 무찔러라."

누 데미갓의 위력은 가공할 지경이었다.

파지지직…

루칼이 뿜어내는 전격은 인섹트를 그 자리에서 태워버린다. 민스터는 그 호탕한 웃음으로 공진효과를 일으켜서 인섹트를 통째로 디지게 만들었다.

과연 데미갓은 막강한 전력을 자랑했다. 나머지 탈리카의 군세도 파죽지세로 인섹트 무리를 무찔렀다.

"으하하하… 이대로 다 죽여주마!"

특히 민스터는 화통하게 소리쳤다. 여태까지 소심하게 행동했던 자신의 모습에 보답이라도 받기 위한 것처럼.

'아주 노리고 있었구만.'

전장의 뒤편에서 강혁준은 작게 중얼거렸다. 이대로 계속 그들과 전면전을 벌이면 전멸을 면치 못한다.

강혁준은 일단 인섹트의 후퇴를 위해 전면에 나섰다.

"이봐. 너희들 너무 신난거 아니야?"

두 데미갓의 앞에 강혁준이 모습을 드러냈다.

"하! 너 잘 만났다. 감히 나에게 치욕을 주었겠다?"

민스터는 두 눈에 불똥이라도 튀는 것 같았다. 강혁준에게 호되게 당한 이후, 늘 이를 갈고 있었다.

"허파에 바람이 너무 많이 들어가셨나? 그냥 가볍게 어루만져줬을 뿐인데, 겁 먹고 지린 것은 바로 너였다고."

그의 입담에 민스터는 울그락불그락해졌다. 하지만 그전처럼 함부로 달려들지는 못 했다.

"네 정체가 뭐지?"

그나마 신중한 태도의 루칼이 묻는다. 그와 강혁준은 첫 만남이었다. 하지만 강혁준도 그리 친절한 성격은 아니다.

"내가 그걸 알려줄 이유가 있나?"

강혁준은 가운데 손가락을 들어올리며 말했다. 나머지 두 데미갓은 그것의 뜻을 알 리가 없다. 하지만 왠지 기분이 나쁜 것이 분명 호의적인 뜻은 아니리라.

"……."

루칼과 민스터의 눈이 허공에 얽힌다. 처음부터 강혁준을 만난다면 협공을 하기로 마음을 먹은 상태였다.

빠지지직….

선공은 루칼부터 였다. 그의 머리에 달린 뿔에서 하얀 뇌전이 일어나더니, 곧바로 강혁준을 향해 발사된다.

뇌전은 여지없이 강혁준을 강타했다. 그리고 동시에 민스터가 앞으로 달려든다. 루칼의 능력을 의심하는 것은 아니었다. 하지만 뇌전 한방에 쓰러질 거라고 상상하기 힘든 적이다.

비틀거리는 강혁준을 향해 곤봉이 날아든다.

퍼어어억…

곤봉은 어이없을 정도로 쉽게 머리에 적중했다. 강혁준은 입에 피를 뿌리면서 공중에 두둥실 떠오른다.

'뭐야 이거? 너무 쉽잖아?'

얼마전에 싸우던 그 포스가 아니다. 이상하게 여기고 있는데, 상대가 벌떡 일어난다.

"퉤!"

강혁준은 피가 섞인 침을 뱉는다.

"야! 비겁하게 둘이서 넘비냐?"

팔이 거꾸로 뒤틀린 상태다. 하지만 강혁준은 별로 심각한 표정이 아니었다. 그는 다른 손을 붙잡고 강제로 잡아

당겼다.

우두둑……

섬뜩한 소리와 함께 고통이 밀려왔지만, 혁준은 미간을 살짝 찌푸렸을 뿐이다. 곧이어 '이모탈' 스킬이 발동되었다. 상처가 급속도로 아물어간다.

'과연 범상치 않은 놈이다.'

'무슨 일이 있어도 여기서 저 자를 죽여야 한다.'

루칼과 민스터의 생각이 일치하자, 그들의 합공은 더욱 매서워졌다.

콰콰쾅!

데미갓의 공격은 가공할만한 것이었다. 게다가 그 둘의 콤비네이션은 매우 절묘한 면이 있었다. 신격을 얻기 전에도 둘은 손발을 맞춘 적이 많았고,

지금, 그 페이스(pace)가 여실히 발휘되고 있다. 하지만 강혁준도 당하고만 있지 않았다.

"헙!"

순간 강혁준의 두 눈에서 맹렬한 빛이 발한다. 근접해서 싸우고 있던 민스터는 등허리가 오싹해지는 느낌을 받았다.

파바박……

두께만 하더라도 강혁준의 몸통만한 곤봉이다. 하지만 강혁준은 프르가라흐를 통해서 그것을 옆으로 튕겨냈다.

"어라?"

그것은 작은 틈이었지만, 강혁준에게는 그것으로 충분했다.

스걱!

이미 정신을 차렸을 때에는 지나친 후였다.

'어떻게?'

민스터는 자신의 아랫배를 들여다보았다. 실핏줄이 생기더니 순식간에 상처가 벌어진다.

"크흑…."

잘려진 내장이 바닥에 떨어졌다. 아무리 신격을 획득할지라도 결국 육체에 영향을 받는 생명체다.

이어서 강혁준은 루칼에게 달려갔다. 공격에 대비한 루칼이 권능을 발휘한다.

그를 중심으로 거대한 막이 형성되었다. 그것은 고압 전류로 이루어진 모양으로 주위에 연신 스파크를 튀기며 매우 현란한 분위기를 연출했다.

'이블 플랜트.'

강혁준은 모자 마술처럼 손을 펼쳐 소환수를 뽑아내었다.

고압 전류가 식물을 감전시킨다. 그것은 고약한 냄새를 품기며 타버렸다. 하지만 그 덕분에 전류가 약해지고 말았다. 강혁준은 그 틈을 타고 루칼에게 달려들었다.

크게 내려치는 프르가라흐.

루칼은 뒤로 물러나면서 팔로 막았다.

스걱!

단번에 팔이 잘려나간다. 하지만 그걸로 만족하지 못하는 강혁준. 다시 치명타를 가하려는 찰나,

등 뒤에서 민스터가 달려들었다.

"후읍… 후읍…."

본인의 상처가 제법 심한데도 불구하고 루칼을 구해내는데 성공했다.

"쩝… 아쉽군."

강혁준은 비릿한 미소를 지으며 말했다. 아직 변이를 하지 않았다하더라도 2명의 데미갓을 압도하는 실력을 선보인다. 주변에서 전투를 지켜보던 탈리카의 병사들은 어안이 벙벙했다.

"후우… 후우…."

거친 숨호흡을 내뱉던 루칼이 말했다.

"방법이 없다. 민스터."

무언가의 동의를 구하는 눈빛. 마찬가지로 민스터의 표정은 과히 좋지 못했다.

"어서…."

루칼은 재차 소리쳤다. 결국 민스터는 '그것'에 동의했다. 반면에 강혁준은 상대가 무엇을 하려는 것인지 눈치챘다.

'슬슬 변이를 하려는 참인가?'

예전에도 말미잘로 변하는 것을 보았다. 꽤나 까다로운 존재였기에, 혁준은 일단 뒤로 물러난 적이 있었다.

'변이 하기 전에 잡아 죽여야지.'

강혁준은 그렇게 생각하고 그 둘에게 달려나갔다. 하지만 그 이후 벌어진 일은 상상을 초월하는 것이다.

"구아아아악…."

"가아아아아아…."

민스터와 루칼의 몸이 아이스크림처럼 녹아내렸다. 그리고 서로가 한데 섞이기 시작한다. 그것은 끔찍함을 넘어서 혐오를 불러일으켯다.

'더럽군.'

강혁준 역시 속에서 욕이 치밀어오른다. 반면에 그것은 좋은 기회기도 했다. 적어도 무방비해보였기 때문이다.

"데미갓을 지켜라!"

"절대 지나갈 수 없다."

여태까지 뒤에 물러나 있던 군단이 그의 앞을 가로막는다. 생사를 도외시하고 몸을 던지는 자들이다. 아무리 강혁준이 강력하다할지라도 그들을 무시하고 지나칠 수는 없었다.

"쳇…."

혁준은 급한 대로 프르가라흐를 휘둘렀다. 단번에 수십이 죽어나가지만, 데미갓이 동화를 마칠 때까지 시간을 벌기에는 충분하다.

이윽고…

"크아아아아!"

강혁준의 귀를 아프게 할정도로 위력이 강한 음파를 뿜어낸다. 그런데 놀랍게도 나머지 탈리카 병사들에게는 아무런 영향도 주지 않는 듯 하다.

"변이도 모자라서. 이제는 합체까지 하네."

강혁준은 동화를 마친 데미갓을 지켜보며 말했다.

상체는 말미잘이지만, 그것을 움직이게 하는 것은 커다란 게였다. 둘은 단단히 연결되어 있으며, 서로의 권능을 강화시켜주는 것 같았다.

빠지지직!

거대한 집게발이 강혁준을 가리킨다. 집게 사이에서 뇌전이 형성되기 다. 여태껏 받은 공격과는 차원이 다른 힘이 느껴졌다.

'내펠티쉬의 역장!'

강혁준은 곧바로 방어막을 준비했다. 그것도 모든 마력을 쏟아부어서 말이다.

파지지직….

미리 준비를 했음에도 불구하고 그는 몇걸음이나 뒤로

물러나야했다.

"이거 꽤 아픈데?"

강혁준은 혀를 내둘렀다. 마력을 모두 태워서 스킬을 준비하지 않았다면 아마 큰 사단이 났을 것이다.

"이것만큼은 마지막 수단이였거늘. 너는 절대 용서할 수 없다!"

융합된 존재가 소리쳤다. 민스터와 루칼은 최후의 수단을 선택한 것이었다.

데미갓끼리 서로 동화를 하는 것은 큰 힘을 가져다 준다. 1+1은 2가 되는 것이 아니다. 오히려 곱절의 능력을 가져다 주었지만, 단 큰 패널티를 강요했다.

동화를 마치고 다시 각각의 개체로 찢어질 때, 어마어마한 신격을 통째로 잃어버리기 때문이다. 어쩌면 이번 일로 데미갓의 지위를 내려놓아야 할 지도 모른다.

그만큼 커다란 희생이 필요한 일이었지만, 강혁준을 상대하기 위해서는 어쩔 수 없었다.

"쿠아아아아······."

또 다시 음파가 전장을 휩쓴다. 강혁준의 타격을 줄만한 음파 공격이다. 근처에 있었던 인섹트의 몸이 순식간에 터져나가기 시작했다.

'이건 안되겠는데?'

상황이 불리하다.

융합한 괴물과 1:1이라면 해볼만하다. 하지만 그동안 인섹트는 모두 죽어나갈터였다. 그뿐만 아니라 아직 수십만의 탈리카 군단이 남아있다.

'굳이 여기서 옥쇄할 필요는 없지.'

강혁준은 뒤로 몸을 돌렸다. 동시에 인섹트에게 명령을 내렸다.

-후퇴한다. 모두 그곳으로 와라.

강혁준의 명령이 떨어지자 인섹트는 싸움을 그만두었다. 그리고는 출행랑을 치기 시작했다.

"흥 이제 와서 도망가려고 해도 소용없다."

강혁준을 비롯한 벌레들의 후퇴 모습에 데미갓은 크게 소리쳤다. 전면전이 일어나기 전, 그들은 일부러 진영을 넓게 펼쳤다. 그리고 적들과 부딪히는 즉시, 일부 군을 움직여서 인섹트의 후방을 점거했다.

"놈들은 독안에 든 쥐나 마찬가지다. 모두 나를 따르라!"

패널티를 껴 안고 융합까지 한 상태다. 만일 이곳에서 강혁준을 놓친다면, 두고두고 후회할 일이었다.

추격이 시작되었다.

끼에에엑….

뒤늦게 움직인 인섹트는 모조리 죽임을 당했다. 하지만 데미갓은 전혀 만족할 수가 없었다. 그에게 있어서 이딴 벌레는 수천만을 처죽여도 소용 없다.

'빌어먹을 그 새끼만 잡을 수 있다면. 내 영혼까지 바치리라.'

그것이 데미갓의 속마음이었다.

Part 119 : 합공

 후퇴를 하던 도중, 후미에 적군이 보였다. 탈리카의 군대는 별동대를 조직한 것이다. 여기서 별동대에 주춤한다면 도망갈 길은 없어진다.

 앞뒤로 적에게 포위되어서 고사할 지경에 처했지만 강혁준은 표정은 느긋했다.

 "과연!"

 어느 지점까지 이동하자, 강혁준은 미리 준비한 토굴을 발견할 수 있었다.

 "이만하면 내가 할 일은 다 했지."

 인섹트는 땅 파는데 특화된 종족이다. 강혁준은 싸움에 일어나기 앞서서 따로 병력을 보내어 굴을 파놓았던 것이다.

"신나게 도망가볼까?"

앞 뒤로 몰려드는 적을 보면서 강혁준은 가벼운 손인사를 해주었다.

"어? 어어?"

그 많은 수의 인섹트가 토굴 아래로 사라지기 시작한다. 이대로라면, 피해는 피해대로 보고 눈앞에서 적을 놓치는 결과를 가지게 된다.

"비겁한 놈들. 이제와서 도망가기냐?"

"그래, 도망간다! 전쟁은 비겁해도 이기는 게 장땡이니까."

강혁준은 그 말을 마지막으로 토굴 안으로 모습을 감추었다.

우르르르…

추격을 벌이던 데빌 군단이 토굴 앞에 도착했다. 하지만 이어지는 보고는 그들을 허망하게 만들었다.

"이… 이런, 굴을 무너뜨리고 있습니다."

적이 추격할 수 없도록 퇴로를 매꿔 버린 것이다. 데미갓은 발을 동동 구르면서 외쳤다.

"뭐하는가? 얼른 저것을 다시 파!"

병사들이 달라붙어서 흙을 퍼내지만, 그 속도가 굼뜬 것은 당연하다. 보다 못한 데미갓이 직접 흙을 파헤치지만, 거의 효과가 없었다.

"다 잡은 것이였건만…."

병사의 질도 양도 더 뛰어난 것은 탈리카 쪽이었다. 그뿐만 아니라 칼루와 민스터는 엄청난 패널티를 감수하고 융합까지 시도했다.

도박으로 따지면 전재산을 걸었지만, 본전은 커녕 빈 털털이가 된 셈이다.

"크으윽…."

융합을 오래 이어나갈수록 신격은 더욱 떨어진다. 칼루와 민스터는 억지로 자신의 몸을 떼어내기 시작했다.

주르르륵…….

살이 뜯어지고 신경이 뿌리채 뽑힌다. 그러면서 육체의 손상도 만만치 않다.

"후욱… 후욱…."

하지만 무엇보다 웬만큼의 신격을 손실했다는 점이 뼈아프다.

"젠장… 이제 어쩌지?"

민스터는 답답한 목소리로 외쳤다. 뾰족한 답이 전혀 보이지 않았다.

"일단 회군을 계속 한다."

그거 말고는 답이 없었다.

"그래도 다수의 인섹트를 잡았어. 전보다 덜 신경 쓰이겠지."

그렇게 말하는 칼루의 표정도 별로 밝지는 않았다. 그는 적장의 심계를 이제 알 것 같았기 때문이다. 그는 매우 끈질기고, 교활한 자였다.

수단과 방법을 가리지 않고, 또 다시 괴롭힐 것이다.

╬

삼일 후.

칼루의 예견은 정확했다.

많은 수의 인섹트를 잡았다고 생각했건만, 그건 자신들의 착각에 불과했다.

여왕 카산드라가 비상시에 알을 낳는 속도는 경이적이다. 그리고 특수 호르몬을 통해서 그 성장 속도까지 가속시켰다.

그 결과,

강혀준의 인섹드 군난은 전보다 오히려 더 많아졌다. 처음부터 강하게 압박하여 박멸하지 않으면 그 수는 가정의 바퀴벌레처럼 점점 많아지는 것이다.

"데미갓이여. 병사들이 지치고 있습니다."

"부디 방법을 제시해주십시오."

병사들도 밥을 먹고 쉴 때는 쉬어야 한다. 하지만 빠르게 회군하고 있는데다가, 가끔씩 일어나는 국지전으로 병사들

대부분이 피골이 상접해있었다.

그렇다고 단번에 군사를 몰아서 인섹트를 몰아치려 하면, 귀신 같이 알아채고 뒤로 빠져버린다.

결국 데미갓과 그의 군단은 이러지도 저러지도 못하고 있었다.

"조금만 더 가면, 우리의 고향에 도착한다."

칼루는 그렇게 말했지만, 표정은 그리 좋지 못 했다. 차마 힘을 내라고 말을 할 수가 없었기 때문이다.

바로 그 때.

전령 하나가 급하게 찾아와서 소식을 알린다.

"후미에 있던 인섹트들이 이곳을 향해서 돌격을 진행하고 있사옵니다."

"뭐라?"

비록 지쳐있다 할지라도 우세한 쪽은 탈리카였다. 데미갓은 쌍수를 벌여 그들의 무모한 도발을 환영해야겠지만….

'불안해. 대체 무슨 일이 일어나려고?'

여태까지 당한 사례가 있다. 매번 강혁준의 간계에 당하기만 한터라 오히려 겁이 나버린 것이다.

"적들을 요격한다. 전군 전투 태세를 갖추어라!"

아무리 불리한 상황이라도 지휘관이 티를 내서는 안 된다. 칼루는 스스로 그렇게 되뇌였다. 민스터 역시 불안한 마음을 숨기고 크게 소리쳤다.

"이번에야 말로 놈들을 모조로 박살내주겠다!"

그는 호언장담을 했지만, 병사들의 반응은 약간 시들했다. 데미갓의 실패를 너무 자주 보았기 때문이다.

우르르르….

어마어마한 숫자의 인섹트가 이곳을 향해서 질주한다. 먼지 구름이 뭉게뭉게 피어오르는 것이 심상치 않다.

'다시 적장과 싸우기에는 상처가 낫지 않았어. 지루하게 소모전으로 이어나갈 수밖에.'

일기토는 최대한 자제하기로 서로 마음 먹었다. 군의 사기를 생각하면 마음에 들지 않지만, 강혁준을 상대하기에는 턱 없이 부족하다.

"응?"

그런데 무언가 이상하다. 인섹트의 질주는 두 군단이 부딪힐 때까지 계속 이어질 것처럼 보였다.

그런데 거리를 500m 앞두고 인섹트는 모두 제자리에 멈춘 것이다.

"대체 무슨 수작이지?"

또 다시 불안한 기운이 스멀스멀 올라온다.

"어떻게 하죠?"

부하들이 지친 얼굴로 되 묻는다. 이쪽에서 움직여야 할지, 아니면 굳건히 자리를 지켜야 할지.

칼루는 일단 손을 들어서 외쳤다.

"모두 제 자리에서 움직이지 마라."

함부러 움직였다간 적의 노림수에 또 당할 수가 있다. 신중하게 움직이려는 그의 습관이 이번에도 발휘되었다.

"그게 무슨 소리인가? 적이 눈 앞에 있는데, 이번에는 놈들을 박살내야지!"

민스터가 곧바로 화를 내면서 말했다. 그는 직선적인 성격으로 눈 앞의 적을 두고 가만히 있지 못했다.

결국 두 지휘관은 서로 티격태격 싸우고 만다. 서로 자신의 의견을 두고 대립한 것이다.

"쯧쯧…."

500m 너머.

강혁준은 가볍게 혀를 찼다. 탈리카의 군단은 분명 강군이다. 인섹트가 그것을 상대하기에는 분명 모자람이 크다.

하지만 적은 통일되지 않은 명령 체계 덕분에 갈팡질팡하며 손해만 보고 있었다.

'이제 놈들을 끝장을 내줄 시간이군.'

강혁준과 그의 인섹트 군단만으로는 탈리카를 상대할 수 없다. 하지만 원군이 도착한다면?

저 먼 곳에서 검은 점이 보이기 시작했다. 처음에는 보일 듯말듯 했지만 시간이 지날수록 하늘은 검은 점들로 뒤덮였다.

⸕

"어라?"

탈리카의 병사 중 하나가 손을 들어서 서쪽 하늘을 가리켰다. 그리고는 어눌한 표정을 지으면서 말했다.

"저건 대체 뭐지?"

"응?"

그의 전우가 똑같이 고개를 돌렸다.

"아…."

그의 입은 크게 벌여졌다. 하늘 가득이 매우고 있는 것은 드라고니안과 스카이워커들이었기 때문이다.

"적… 적습이다!"

그는 비명처럼 소리쳤다. 하지만 그럼에도 늦은 감이 있었다. 어느새 각종 비행 데몬으로 변신한 그들은 적을 분쇄하기 위해 급하강했다.

"크아아악…."

"안 돼!"

예상치 못한 습격은 큰 효과를 거두었다. 대지는 순식간에 탈리카 군사들의 피로 뒤덮이기 시작했다.

"불나라!"

화르르륵…

스카이워커도 그에 질세라 커다란 불덩이를 타격했다.

그것은 마른 하늘의 불벼락이나 다름없었다.

"대체 이게 무슨 일인가?"

칼루는 얼이 빠진 표정으로 말했다. 인섹트 군단과 대치 중인데, 후미에서 급습을 받은 것이다.

"드… 드라고니안… 족히 십만은 넘는 드라고니안 입니다!"

비명 섞인 보고였다.

드라고니안이 가지는 특수성은 칼루도 잘 알고 있었다. 개체 하나하나가 강력한 전사들이며, 다양한 상황에 대처할 수 있는 다목적 전투능력을 가지고 있다고.

"어떻게 그들이…."

민스터는 차마 말을 잊지 못했다. 하지만 충격적인 보고는 그것뿐만 아니었다.

"이… 인섹트가!"

전방을 주시하던 부하 하나가 손가락을 가리켰다.

거기에는 강혁준을 필두로한 인섹트가 성난 불소처럼 돌진하고 있었다.

"탈리카시여…."

칼루는 허망한 표정으로 신의 이름만 읊었다.

쾅!

이윽고 군단과 군단이 마주치며 치열한 전투가 벌어졌다. 하지만 그 저울추는 금세 한쪽으로 기울여지고 말았다.

"크아아악…."

"적이… 너무… 많아!"

인섹트가 앞에서 탈리카의 군단을 붙잡아두는 동안, 드라고니안과 스카이워커는 일방적으로 군단을 박살내었다.

그렇지 않아도 무리한 회군과 오랫동안 이어진 전투는 그들의 사기를 약화시키기에 충분했다. 가멸차게 이어지는 협공은 탈리카 군단을 박살내는 구도로 이어진다.

"아… 아군이 무너지고 있습니다."

"더 이상 버틸 수가 없어요."

절망적인 보고가 이어졌다. 데미갓이 아픈 몸을 이끌고 전투를 이어나가지만, 전황을 뒤바꾸기에는 한참 역부족이었다.

"굳이 저 괴물과 싸워줄 필요는 없지."

데미갓이 움직일 때마다, 그곳에 있던 드라고니안과 스카이워커는 급히 자리를 이탈했다.

물론 복잡한 명령을 이해하지 못하는 인섹트는 데미갓의 공격에 의해 죽음을 맞이했지만.

'뭐 상관없지. 인섹트의 머릿수는 넘치니까.'

강혁준은 여태까지 아껴둔 병력을 모조리 전장에 집어넣었다.

"젠장! 오래 살고 볼 일이군. 인섹트와 어깨를 나란히 하고 싸울줄이야."

"이번만 참아. 다시는 그들과 마주하지 않을 테니."

일방적인 싸움임에도 드라고니안들의 표정은 그리 밝지가 않다. 공통된 목적을 위해서 함께 싸우고 있지만, 그 두 종족 사이의 앙금은 여전히 침전물처럼 남아있었기 때문이다.

"슬슬 마무리 지어볼까?"

뒤에서 구경을 하던 강혁준은 가벼운 스트레칭을 했다. 100% 승리를 거머쥔 상태이지만, 데미갓의 저항이 만만치 않다.

"크아아악!"

이미 변이를 마친 민스터와 칼루다. 그 위용은 마치 만인적을 연상시켰다. 다만 그 움직임은 점차 느려지고 있었다.

강혁준은 가볍게 손을 흔들었다. 그러자 데미갓을 에워싸고 있던 병졸들이 뒤로 물러났다.

그 덕분에 데미갓들도 새로 모습을 드러낸 강혁준을 발견할 수 있었다.

"드디어 나타나셨군."

민스터는 이를 갈면서 소리쳤다. 마음 같아서는 강혁준을 단번에 요절내고 싶지만, 몸은 이미 천근만근이다.

융합으로 인한 상처가 아직 채 낫지도 않았기 때문이다. 게다가 신격도 눈에 띄게 낮아진 상태였다. 마음 같아서는 이대로 누워서 쉬고 싶었다.

"보고 있자니 안쓰러워서 말이야. 너희들의 고통을 내가 몸소 끝내주러 왔을 뿐이다."

강혁준의 호언장담에 나머지 데미갓의 안색은 어두워졌다. 부상을 입은 몸인데다가 오랜 전투로 힘과 기운이 빠진 상태다.

이대로 그와 전투를 벌인다면 필패였다.

"얼마 전에 너희들 재미있는 재주를 선보이더구만. 마치 로봇처럼 합체를 하던데. 그걸 다시 해봐."

Part 120 : 청야전술

강혁준은 웃으면서 말했다. 그가 말하는 바는 간단하다. 다시 합체를 해서 덤비라는 것이다.

"……."

"……."

민스터와 칼루는 바로 응답하지 못 했다. 마음 같아서는 바로 융합을 하고 싶다. 살아서 돌아갈 생각은 이미 접은 그들이었다. 융합을 해서 하나라도 더 많은 적을 저승으로 데려갈 수 있다면 얼마든지 감수할 용의가 있다.

'그럴 수가 없으니까 문제지.'

융합을 하는 데에는 약간의 시간이 걸린다. 그 시간동안 공격을 당하면 무방비로 당할 수 밖에 없다.

예전에 융합을 시도했을 때에는 그의 직속부하들이 시간을 벌어주었다. 하지만 지금 군단은 지리멸렬한 상태다. 융합을 할 시간과 여유가 없는 것이다.

　강혁준은 이내 눈치로 그들의 상황을 알아챘다.

　"크큭… 너희들 눈 돌아가는 것을 보아하니. 알만하군."

　강혁준은 팔짱을 끼고 말했다.

　"좋아. 너희들이 합체를 할 동안 절대로 방해하지 않으마."

　"뭐라고?"

　칼루는 어이없는 표정으로 되물었다. 하지만 강혁준은 차분한 목소리로 다시 말했다.

　"방해하지 않겠다고 말했다. 그러니까 너희들이 할 수 있는 최선을 다해봐라."

　그는 호언장담을 했다.

　"거짓말은 아니겠지?"

　민스터는 떨리는 목소리로 되물었다.

　"그래. 솔직한 말로 나는 좀 따분한 상태이거든."

　"……"

　"그나마 너희들이 나랑 상대가 될 것 같아서 말이야. 그러니까 최선을 다해서 나를 즐겁게 해줘."

　강혁준은 거만 그 자체였다. 민스터와 칼루는 심한 모욕감을 느꼈지만, 이내 그 기색을 지웠다.

'어차피 승산은 희박하다.'

'이기는 것은 불가능하더라도 양패구상은 가능할지도….'

짧은 시간이었지만, 이내 마음을 다잡는다.

"알았다. 잠시만 기다려다오."

데미갓은 강혁준의 제안을 받아들였다. 강혁준은 두 손을 내보이며 말했다.

"좋아. 난 뒤에 물러나 있을 테니까. 얼른 합체 해봐."

민스터와 칼루는 그 때처럼 융합을 시도했다. 먼저 피부가 흘러내리기 시작한다. 그리고 예의 끔찍한 모습이 된 그들의 몸이 서로 합쳐지기 시작했다.

바로 그 때.

강혁준은 고소를 지었다.

'쯧쯧. 멍청한 녀석들, 처음부터 끝까지 속아넘어가는구나.'

한참 융합이 되어가는 도중이다. 제 아무리 막강한 데미갓일지라도 갓 태어난 병아리와 같은 상태였다.

'아나스마 블라스터!'

강혁준은 있는 힘껏 마력을 태우기 시작했다. 그의 손아귀에서 파괴의 에너지가 넘실거린다.

"그어어…"

데미갓은 한참 융합을 하는 도중이라 아무 말도 하지 못했다. 다만 듣지 않아도 그들이 말하려는 바는 뻔했다.

'아… 안 돼. 약속과 다르지 않는가?'

한번 융합에 들어가면 그것을 맘대로 취소할 수 없다. 결국 그들은 무방비한 상태로 강혁준에게 노출되었다.

쿠콰콰콰……

빛의 기둥이 융합되기 전의 그들을 강타했다.

피부는 벗겨지고 피는 끓어오른다. 막강한 저항력도 지금은 전혀 발휘되지 못했다.

"크아아아악!"

한 마디 비명과 함께, 데미갓은 죽임을 맞이했다. 아나즈마 블라스터의 위력은 매우 뛰어났다. 데미갓을 집어삼킨 것도 모자라서 땅을 크게 갈라버렸기 때문이다.

"후우…."

가지고 있던 마력을 모두 토해낸 그는 한숨을 쉬었다. 이것으로 인해서 탈리카의 데미갓도 모조리 정리되고 말았다.

"하여튼 멍청한 녀석들은 끝까지 멍청하지."

데미갓이 남기고 간 정수를 주으면서 강혁준이 말했다. 아무리 부상을 입은 데미갓이라 할지라도 피해 없이 잡는 것은 어렵다.

그렇기에 강혁준은 힌 가지 꼼수를 사용했을 뿐이다. 생각보다 순진했던 데미갓은 그것에 홀랑 넘어가버린 것이었고.

데미갓이 죽은 이후, 탈리카의 군단은 지리멸렬했다. 나머지 잔당을 처리하는 것은 별로 어려워보이지 않았다.

덕분에 인섹트는 간만에 포식을 할 수가 있었다. 인섹트가 가지는 한 가지 문제점은 식량문제였다. 그것만 해결된다면 아마도 어비스를 지배하는 것은 인섹트가 되었으리라.

휘이이잉….

세찬 바람과 함께 스카이워커가 강혁준에게 내려온다. 부관은 곧바로 강혁준에게 다가가 절도 있는 자세로 경례를 붙인다.

"일은 어떻게 되었나?"

강혁준의 질문에 부관은 또박또박 대답했다.

"넵. 맡기신대로 탈리카의 신전과 제단을 파괴했습니다. 강혁준님께서 시간을 내주신 덕분입니다."

"수고했다."

강혁준은 짧게 공치사를 했다.

이로서 4대 악신 중 탈리카와 악시온의 영향력을 어비스에서 지워버렸다. 신을 죽일 수는 없지만, 강혁준이 할 수 있는 최선의 결과였다.

'이제 남은 것은 토글과 타라쓰만 정도인가?'

강혁준은 다음 적을 상정했다. 여태처럼 일이 쉽게 흘러가지는 않을 것이다.

오히려 두 진영은 손을 잡고 애머른에 대항할지도 모른다. 비록 애머른의 세력이 급부상하더라도 두 세력에 비하면 부족함이 크다.

※

발 없는 말이 천리간다.

애머른의 강대한 군단은 악신 악시온과 탈리카의 세력을 일소해버렸다. 더 이상 영향력을 나타내지 못하도록 신전과 제단을 모두 부숴버린 것이다.

나머지 세력들도 뿔뿔이 흩어졌다. 하지만 갑자기 넓어진 영토로 인해서, 더 이상 확장정책을 펼치기 어려워졌다.

무엇보다 점령한 지역을 소화하기 위해서는 시간이 필요한 것이었다.

그 덕분일까?

위기를 느낀 토글과 타라쓰가 손을 잡았다. 이대로 있다면 각개격파 당할 수도 있다는 두려움 때문이었으리라.

이번에 전쟁을 일으킨 쪽은 토글과 타라쓰였다. 애머른은 점령한 땅을 안정화시키는 중이었다. 만약 시간이 더 지나면 그들의 세력이 더 강화되는 것은 일목요연한 사실이었다.

두 악신의 군단이 모은 병력은 200만에 가까웠다. 유래를 살펴볼 수 없을 정도로 어마어마한 병력이다. 그렇다고 그 병사의 질이 낮은 것도 아니다.

토글 같은 경우에는 그 병사 하나하나가 가진 신의 가호는 끔찍한 역병이다. 그저 가까이 있는 것만으로 병을 전염시키기 때문에, 전투가 길어질수록 상대에게 피해를 강요한다.

그리고 타라쓰가 거느린 슬라쉬 종족은 마법에 특화된 존재다. 먼 거리에서 적을 타격하는 것이 가능한데, 그렇다고 근접전이 약한 것이 아니다.

슬라쉬 종족의 18번 마법인 다크매터는 술사를 보호한다.

첫 전투는 악신쪽의 승리였다.

지킬 곳이 많아진 탓일까?

애머른의 군단은 거의 힘을 쓰지 못하고 패퇴 했다. 마치 노도와 같은 병력이 몰아쳤던 것이다.

그 소식을 접한 강혁준과 무장들이 한 자리에 모였다.

"생각보다 빠르게 대처하는군요."

전투로 인한 피해는 무시하지 못할 수준이었다. 무엇보다 힘들게 점령한 지역을 모조리 뺏기고 말았던 것이다.

"그렇군. 미리 준비하지 않았다면 아마 큰 피해를 입었을 것이야."

야릭은 팔짱을 끼고 말했다. 여태까지 승리를 단번에 잊게 만들 정도로 적은 끈질기게 달라붙은 것이다. 땅을 내어주는 것은 별로 내키지 않았다. 하지만 어렵사리 모은 병력을 잃을 수는 없었다.

강혁준은 곧바로 병력을 철수 시켰다. 그래서일까? 제대로 싸워보지도 않고 도망다닌 턱에 병사들의 사기는 내려갈 대로 내려간 상태였다.

"몇몇 이들은 불만이 생긴듯합니다."

매번 기적처럼 승리를 일구어낸 탓일까? 전략적인 후퇴를 감행했음에도 불만인 자들이 속출했다.

"무시해."

강혁준은 단번에 불만론자들의 의견을 일축했다. 하나의 단체가 있으면, 그것이 커질수록 다양한 의견이 나온다. 그리고 아무리 초월한 능력자라 할지라도 그 요구를 모두 맞춰줄 수는 없다.

"그것보다 내가 말했던 건?"

강혁준의 질문에 모슬헨이 대답했다.

"넵. 지시하신 진행은 되어가고 있습니다. 다만 일각에서는 큰 반발로 이어지고 있습니다만."

강혁준이 내린 지시는 바로 청야전술이었다. 제아무리 막강한 데빌일지라도 먹고 살아야 한다. 굶주린 군대는 아무래도 그 위력을 발휘하기 어렵다.

강혁준의 군대는 연신 패배를 갱신중이었다. 제대로 된 전투를 하지도 못하고 도망가기에 바쁘다.

다만 그들이 까먹지 않고 하는 일이 하나 있었다.

추수하기 직전인 들판은 불로 태워버렸고, 전쟁 물자는 일찌감치 후방으로 빼돌려버린 것이다. 그에 더해서 원주민의 식량까지 모조리 징발해버린 것이다.

원주민의 원성은 자자했지만, 강혁준의 군단은 가차없이 일을 진행했다.

이 점에 관해서 루카는 크게 반대했다.

'이러면 우리가 악신과 다를바 없잖아요. 제발 그들에게 자비를 베푸세요.'

강혁준에게 말했지만, 그는 고개를 저었다. 그 이후로 두 부부의 사이는 약간 냉랭해졌다.

'어쩔 수 없지.'

강혁준이라고 좋아서 선택한 전략은 아니었다. 자신보다 더 큰 덩치의 적을 상대하기 위해서 선택한 방법이었다.

'이기기 위해서다.'

강혁준은 스스로 그렇게 되뇌였다. 이번 일로 많은 사람들이 희생될지도 모른다. 그럼에도 강혁준은 냉정하게 일을 추진했다.

"모든 책임은 내가 진다."

강혁준은 자리에 일어서서 말했다. 그가 집정관이 된 이후, 권력은 일점으로 집중 된 상태였다. 결국 강혁준은 불만을 억누르고 자신의 전략을 진행시켰다.

✤

 타라쓰와 슬라쉬의 연전연승은 그들을 고무시켰다. 적은 도망가기 바빴으며, 무엇보다 영지와 새로운 노예가 잔뜩 생긴 것이다.

 특히 토글을 이끄는 데미갓, 아르고는 기쁨을 감추지 못했다.

 "하하하…. 이곳에 토글님의 신전을 짓는다면, 나의 신격도 올라가겠지?"

 토글의 힘이 강해질수록 데미갓의 신격이 올라가는 것은 당연한 일이다. 신도를 늘이면 분명 토글은 자신에게 더 많은 능력을 선사할 것이다.

 "아르고님이여."

 "무슨 일이냐?"

 시즈닝 원이 어기적거리며 온다. 그의 표정은 무척이나 어두웠다.

 "본국에서 준비한 물자가 모두 소모되었습니다."

 "그래서? 그게 어쨌다고?"

 아르고는 의뭉스러운 표정을 지으며 말했다.

 "저히 병사들이 있다는 뜻이었습니다."

 "하! 그렇다면 이곳에 있는 놈들의 물자를 징발하면 될 일이 아닌가?"

"그것이…. 애머른의 무신론자들이 먼저 선수를 쳤습니다."

그는 곤란한 얼굴로 말했다. 하지만 아르고는 콧방귀를 뀌면서 말했다.

"흥. 그건 네 놈이 악독하지 못해서다. 놈들은 분명 어딘가에 물자를 비축해놨을 것이야. 그걸 찾아내라."

아르고는 단번에 지시를 내렸다. 애머른의 군단 역시 물자를 징발했지만, 시간이 너무 짧았다. 적이 몰려오는 와중이었기에, 주민들 역시 숨겨둔 식량은 아직 건재했던 것이다.

아르고는 바로 그 식량을 뺏으라고 명령한 것이다.

"아르고시여. 큰 반발이 예상되온데……."

"흥, 상관없다. 굶어 죽으나 맞아 죽으나. 둘 중에 하나를 선택하라지."

아르고의 명령이 내려지자 잔혹한 물자 징발이 이어졌다.

역병 덩어리 그 자체인 토글의 신도는 역병을 옮기는데다가 기근까지 원주민에게 강요했다. 몇몇 이들은 살아남기 위해서 억지로 개종해야 했다.

적어도 토글로 개종하면 배고픔은 면할 수 있기 때문이다. 배고픔은 역병의 고통까지 이겨내게하는 무서운 존재다.

"하하하… 이거 보라지. 결국 우리 군세가 더 커지지 않았나?"

아르고는 흡족한 목소리로 말했다. 부족한 물자를 채우기 위해서 본국에 추가 수송을 요청했지만, 그건 그리 큰 문제는 아니다.

그보다 점점 위세가 커지는 자신의 군단을 흡족하게 바라볼 뿐이다.

Part 121 : 아르고

처음 유리했던 것도 잠시, 무신론자들은 연이은 패배로 우려의 목소리가 커지고 있었다.

야심한 시각.

강혁준의 침소에 들른 사람은 호민관 시온이었다.

"늦은 저녁에 불쑥 찾아와서 죄송합니다."

강혁준은 손을 저었다. 사람을 시켜서 가벼운 마실거리를 가지고 오게 만들었다. 하지만 시온은 찻잔을 거들떠보지도 않고 말했다.

"강혁준님…."

이리저리 눈치를 보는 모습이 안쓰럽기도 하다. 강혁준 역시 그가 찾아온 이유에 대해서 잘 알고 있었다.

"말하게."

"시민들이 불안에 떨고 있습니다. 몇몇 무리는 반기를 들 생각까지 하고 있어요."

예로부터 뛰어난 정치가란 흐름을 읽는 자였다. 그런 의미에서 시온은 뛰어난 정치가였고, 그래서일까?

많은 이들이 시온에게 와서 불만을 토론한 것이다. 그것으로 그치면 다행이겠지만, 몇몇 과격한 자들이 반란을 획책하고 있다는 흉흉한 소문도 돌았다. 사태가 더 악화되기 전에 깃발을 바꾸려는 자들이겠지.

"일단 그들을 돌려보내었지만, 시간이 갈수록 더 심해질 듯 합니다."

"재미있군. 그런데 말이야. 그 점에 대해서 자네 생각은 어떤가?"

강혁준의 질문은 얄궂은 것이기도 했다. 만약 시온이 다른 마음을 품었다면 이렇게 찾아와서 이야기 하지도 않았을 것이다.

"휴… 혁준님도 꽤나 짓궂으시군요. 아시다시피 저에게는 별로 선택할 사항이 없어요. 그나마 성공확률이 높은 곳에 베팅을 할 뿐이죠."

시온도 불안했다. 그렇지만 이제와서 다른 마음을 품는다고 그것이 최선의 길처럼 보이지 않는 것이다.

"여태까지 그랬던 것처럼 혁준님을 무조건 따르겠습니다."

그의 말에 강혁준은 흡족한 미소를 지었다. 지금의 상황은 강혁준도 잘 알고 있었다. 그에게도 눈과 귀가 있었으니까.

기존의 주전파는 아직 굳건히 강혁준을 따르고 있다. 다만 실리파의 행동이 수상했다. 여태까지 마지못해 협조를 하고 있었다.

모슬헨이 운영하는 바캄의 눈의 보고에 따르면, 벌써 몇몇 이들은 적과 내통까지 하고 있다고 한다.

악재라면 커다란 악재였지만, 정작 강혁준은 대수롭지 않게 여기고 있었다. 쉽게 변하는 군중의 심리를 파악한 것이다.

이기고 있을 때에는 모두 환호하고 그를 열렬히 찬양한다. 하지만 단 한 번이라도 패배를 한다면?

마치 손바닥 뒤집듯이 태도를 바꾼다. 너도나도 할 것 없이 손가락질하고, 성토하는 것을 멈추지 않는다.

"너무 걱정하지 마시길. 적들이 이기는 것은 모두 작전이니까."

강혁준은 그렇게 말했다. 남들이 보기에는 연신 패배를 하고 있지만 그는 웅크리면서 기회를 엿보고 있었다.

"하지만 토글의 군세가 오히려 커지고 있습니다. 배고픔에 이기지 못한 백성들이 스스로 토글을 섬기고 있어요. 제 생각으로는 그리 좋은 선택이 아닌 것 같습니다만."

시온은 그렇게 자신의 의견을 말했다. 힘들게 얻은 땅을 그대로 헌납을 하고 있는데다가 적을 이롭게 만드니 그의 말이 틀린 건 아니다.

"후훗."

강혁준은 의미 있는 웃음을 지었다.

"과연 그럴까? 그게 독이 될지 약이 될지."

✣

수십 일이 지났다.

사태는 그대로 흘러갔다. 얼마 있지 않으면 적의 병력이 애머른에 도달할 지경이었다.

"매형. 모든 준비를 마쳤습니다."

"아아… 그렇군. 때가 온 건가?"

강혁준은 넓은 평야를 바라보며 말했다. 멀지 않은 곳에 위치한 토글의 병력이 시야에 들어왔다. 신도가 되려면 역병을 몸에 품어야 한다.

"득실거리는 것이 정말이지, 끔찍하군."

토글은 이곳에 도착하기까지 그 숫자를 계속 불리었다.

게다가 역병 때문일까?

썩은 고름과 토사물로 인해, 그곳은 역겨운 장소가 되고 말았다. 바람을 타고 흘러오는 냄새를 맡는 것만으로 욕지기가 절로 나온다.

꿀꺽.

전투에 앞서서 애머른의 병사들은 식은 땀을 흘렸다. 눈앞에 보이는 토글의 군단만 보더라도 심장이 오그라든다. 하지만 적은 그뿐만이 아니다.

멀지 않은 곳에서 타라쓰가 이끄는 슬라쉬가 몰려오고 있다. 두 세력이 합쳐지면, 그 전력 차는 두 배, 아니 세 배 가까이 된다. 맞붙었을 때, 승산은 점칠 것도 없다.

"한번 붙어 볼만도 한데, 가만히 있는군."

바하루는 꺼림직한 표정으로 말했다. 그 역시 애머른군 사이에서 흘러나오는 암운을 느끼고 있었다. 대부분 병사들은 벌서부터 패배주의에 휩싸여 있었다.

만약 악신의 군단이 자비로운 조건으로 항복을 제시한다면, 많은 병졸들이 무기를 거꾸로 쥘지도 모르는 일이다.

'그런 일은 없겠지만.'

강혁준은 이미 그들에 대한 판단을 내려둔 상태였다.

적은 무자비하고, 탐욕스러웠다. 철저한 굴복이 뒤따르지 않으면 무조건 죽음뿐이다.

"슬라쉬가 도착하길 기다리는 것이겠지요. 그들은 '연합군'이니까요."

모슬헨이 옆에서 덧붙인다. 바로 그 때, 전령이 막사 안으로 들어왔다.

"보고 드립니다. 슬라쉬 군단이 곧 모습을 드러낼 것으로 보입니다."

적의 원군이라는 말에 모두의 안색이 어두워졌다.

"차라리 후퇴를 합시다. 이대로 적 병력과 부딪히는 것은 자살 행위입니다."

비교적 새파란 장군이 나서서 말했다. 나머지 지휘관도 그것에 동의하는 표정이다. 하지만 강혁준은 고개를 저었다.

"아니! 이곳에서 저들을 막도록 한다."

강혁준은 단호한 태도로 말했다.

"하지만…."

새로운 반대 의견이 나오려는 찰나.

이곳에서 제일 노장이라고 할 수 있는, 야릭이 말했다.

"훗. 더 이상 어디로 도망을 간단 말인가?"

이미 많은 지역을 헌납했다. 만약 이곳에서 후퇴하면 남은 것은 공성전 뿐이다.

"토글의 군단과 공성전을 한다고? 나는 절대 말리고 싶군."

야릭의 말대로 토글은 역병을 옮긴다. 공성전이 오래될수록 결국 친천히 괴사하는 쪽은 애머른이 되는 것이다.

"더 이상 물러갈 곳은 없다. 적어도 네 놈들 가족을 지키려면 말이지."

야릭은 오랜 시간 군인으로 지내왔다. 그리고 군인으로서 제일 중요한 것은 소중한 이를 보호하는 것이다.

"고맙습니다."

강혁준은 작게 고개를 숙인다.

이곳에 있는 다른 이에게는 평대를 하지만 유일하게 예의를 차리는 자가 있다면 야릭이었다.

'아무래도 장인 어른이니까.'

함부로 대하기 어려운 면은 있었다. 다만 야릭도 혁준을 배려해주기 때문일까?

방금처럼 도움을 주는 경우가 대부분이었다.

"쉬운 싸움이라고는 하지 않겠다. 하지만 우리에게도 충분히 승산은 있다."

강혁준은 담담한 목소리로 말을 이어나갔다.

'승산이라고?'

'적은 저렇게나 많은데…'

모두 이해가 가지 않는 얼굴이다.

"내가 한 가지 마술을 부려 놓았다. 우리와 싸울 적은 토글의 군단뿐이다. 슬라쉬는 걱정하지 않아도 좋다."

강혁준은 그렇게 말했다.

"네?"

많은 이들은 이해할 수 없는 표정을 지었다. 두 세력이 연합한 것은 지나가는 삼척동자도 다 아는 사실이다.

"나머지는 직접 겪어보면 안다."

강혁준은 호언장담했다. 오늘을 위해서 그가 뿌려놓은 씨앗이 제법 많다. 지금이 그것을 수확할 적기다.

✣

토글의 군단을 이끄는 데미갓의 이름은 아르고라고 한다. 그 아래로 3명의 데미갓이 더 있지만, 적어도 지휘권은 그가 가지고 있었다.

거기에는 그럴만한 이유가 있다.

"아버지. 드디어 적들과 제대로 맞붙는군요."

"여태까지 만나면 도망만 가는터라, 영 심심했습니다."

그 아래에 데미갓은 모두 아르고의 아들이었다. 혈연으로 이루어진 탓일까? 적어도 서로에 대한 믿음은 견고하다.

"히하하…. 겁에 실린 필멸자 따위. 단번에 박살내주지."

이미 그들의 머릿속은 승리한 것이나 마찬가지였다.

"데미갓이시여. 적의 군대가 이곳으로 오고 있사옵니다."

"믓시리?"

예상치 못한 적의 행동이었다. 누가봐도 우세한 쪽은 악신의 군대였기 때문이다.

"멍청한 놈들. 스스로 명을 재촉시키는구나."

설사 당장 전투가 일어나더라도 곧 이어 슬라쉬가 지원 온다. 그렇게 되면 애머른의 군대는 압착조에 들어간 포도처럼 순식간에 찌꺼기만 남게 될 것이다.

"자포자기라도 한 모양입니다."

"아버지, 부디 저에게 선봉의 자리를 주십시오. 단번에 놈들을 분쇄하겠습니다."

자식놈들은 서로 나서겠다고 난리다. 아르고는 흡족한 표정으로 그들을 달랜다.

"이번에는 셋째에게 선봉자리를 주겠다. 순서대로 해야지."

"감사합니다. 아버지, 기대에 꼭 부응하겠습니다."

곧이어.

평야에서 두 군대가 부딪혔다. 수많은 데몬들이 피를 뿌리고 많은 이들이 그자리에서 즉사했다. 시체의 수가 기하급수적으로 늘어나는 것이 눈으로 확인 될 정도다.

"흐음… 놈들도 제법이군."

아르고는 혀를 차면서 말했다.

가볍게 이길 것이라는 예상과는 다르게 제법 저항이 거세다.

특히 데스 바운드가 이끄는 중장보병은 적진을 마구잡이로 누비면서 타격을 가한다.

그 뿐만이 아니다.

후방에서 쏟아져오는 마법도 제법 까다롭다. 토글의 군단은 돌격대로서 명성이 높지만, 대신 마법사들의 숫자는 극히 일부에 지나지 않았다.

그래서일까?

루카의 제자들이 쏟아내는 마법에 많은 병사들이 희생당했다.

"슬슬 올 때가 되었는데…."

아고르는 발을 동동 구르면서 말했다. 애머른의 군단과 전투를 벌인지 한참이나 되었다. 원래라면 슬라쉬의 원조가 와야 한다. 하지만 어떻게 된 일인지, 아무리 기다려도 원군이 오지 않았다.

콰아아앙….

그러던 도중, 엄청난 굉음에 모두의 시선이 한곳으로 모였다.

"뭐… 뭐지?"

"대체 무슨 일이 일어난 거야?"

충격파와 함께 여러명의 병사가 그대로 육편이 되었다. 그 외에도 근처에 있던 여럿이 이리저리 튕겨나간 것이다.

"제법 뻐근한데?"

사단을 일으킨 사람은 다름아닌 강혁준이었다. 비행형 데몬을 타고 하늘 높이 날아간 그는 적진 한 가운데로 자유

낙하한 것이다.

그는 인간 탄환이 되어서 대지를 때렸다. 그 자리에 있던 몇몇은 재수 없이 충격에 휘말려서 비명횡사한 것이었다.

"미친 놈이 틀림없군."

아르고는 무심하게 말했다.

강력한 데미갓이라고 할지라도, 적진 한가운데 싸우러가지는 않는다.

"놈을 죽여라. 그의 목을 베어낸 자에게는 내가 친히 상을 내리겠노라."

아르고는 사기를 진작시킬겸, 현상금까지 걸었다. 그 이야기를 들은 병졸은 너나할것 없이 강혁준에게 달려갔다.

"크헤헤헤헤…. 죽어라!"

"토글의 이름으로!"

광신도의 광기는 무서웠다. 대부분 토글의 군단은 역병의 고통으로 인해서 제정신이 드물다. 온갖 더러운 잡균을 뿜어내며 돌진하는 그들은 분명 보는 이로 하여금 공포를 심겨줄만 하다.

다만…

'쯧. 이건 뭐, 하루살이도 아니고.'

상대가 너무 나쁘다.

프르가라흐를 꺼내어 가까이 달려드는 병졸들을 무참히 베어버린다.

"쿠허어억!"

"커억!"

그의 손속은 자비가 없었다. 검을 한번 휘두를 때마다 적의 수급이 두둥실 떠오른다.

'언제까지 이런 놈들과 장단을 맞춰줄 순 없지.'

강혁준은 주변을 둘러보았다. 그리고 얼마 지나지 않아서 적의 수장을 발견할 수 있었다.

'저기에 있었구만.'

체스로 따지면, '체크 메이트'인 셈이다. 그는 다른 장기 말을 모조리 무시하고 곧바로 데미갓 아르고에게 뛰어갔다.

Part 122 : 힘의 대결 (1)

"응? 설마 저 녀석?"

아르고는 강혁준을 의문을 품었다. 사지에 자기 발로 들어온 것은 바로 그였다. 하지만 그는 양 떼에 뛰어든 사자처럼 마구 날뛰고 있었다.

무엇보다 가슴 시리게 만드는 점은 그 방향이었다. 강혁준은 최단거리로 아르고를 향해 오고 있다. 수 많은 병졸들이 그 앞을 막으려고 했지만, 역부족이었다.

쾅…

몸으로 막아서려는 자가 있었다. 하지만 강혁준은 그저 힘으로 쳐내 버린다.

"으아아아악…"

정통으로 맞은 놈은 저 멀리 날아간다. 마치 홈런타자가 휘두른 배트에 맞은 야구공 같았다.

'고속도로나 다름없네.'

토글의 군단과 마주할 때, 제일 까다로운 점은 두 가지가 있다. 첫 번째로 지독한 전염병이다. 같은 공간에 있는 것만으로 공기 중을 통해서 병균이 전파된다.

그리고 그 효과도 꽤나 빠르다. 건강한 전사도 전염병 앞에서는 쉽게 무력화 되는 것이다.

그리고 두 번째가 막강한 재생력이다. 신의 가호를 받은 토글의 신도는 상처를 겁내지 않는다. 가벼운 상처는 순식간에 수복해버리기 때문이다.

허나 강혁준 앞에서 두 가지 장점은 금세 무색해져버렸다.

전염병은 강혁준의 마법 저항에 일단 대부분 막힌다. 게다가 강혁준은 질병에 저항할 수 있는 스킬까지 있다. 적어도 전염병으로 강혁준을 무너뜨릴 수 없었다.

막강한 재생력 또한 강혁준 앞에서는 무용지물이나 마찬가지였다. SSS급을 도달한 후, 그가 가지는 힘은 거인의 그것을 뛰어넘었다. 가볍게 내지르는 주먹 하나하나가 일반 신도는 절대 감당할 수 없는 것이다.

그리고 프르가라흐.

악을 치단하는 전설적 무기로서, 그 절삭력은 상상을

초월한다. 신도들이 들고 다니는 허접한 방어구 따위는 입지 않은 것과 마찬가지다. 마치 두부자르듯이 반토막 내어버리기 때문이다.

"내 몸. 내 몸이 불타고 있어!"

푸른 화염에 휩싸여서 고통에 절규한다. 강혁준의 검에 스쳤을 뿐이다. 보통이라면 운이 좋았다고 생각했을 수도 있다. 하지만 그 무기가 프르가라흐였다면?

그것은 오히려 더 고통스러운 죽음으로 연결되었다.

"크어어억…"

결국 그는 새까만 숯으로 변해버리고 말았다. 그 광경은 다른 신도들에게 충격적인 장면이었다. 그 누가 되었든 강혁준 앞에서는 순식간에 해체당하거나 불타 죽고 있다.

'저건 개죽음이다.'

'저렇게 죽고 싶지는 않아.'

강혁준의 무위는 말 그대로 전설적이었다. 그에 비하면 일반 신도는 숫자가 많을 뿐, 피라미에 불과했다.

너무 압도적인 무력에 병사들은 뒷걸음을 친다. 그리고 그것은 마치 홍해처럼 옆으로 갈라지기 시작했다. 강혁준의 눈에 마주치는 것만으로 딸꾹질하는 병졸이 생길 지경이었으니까.

이내 강혁준은 아르고가 있는 곳까지 도착했다.

"고얀 놈. 여기가 어디라고!"

아르고는 분노에 찬 목소리로 말했다. 웬 벌거숭이가 자신의 부하를 마구 도륙낸다. 그런데 무엇보다 더 화가 나는 이유는 따로 있었다.

"……."

강혁준의 두 눈은 아르고에 고정되어 있었다. 무심한 것처럼 보이는 눈이었지만, 아르고는 느낄 수 있었다. 그 안에 흐르는 살기가 자신을 향하고 있음을.

이유는 알 수 없었다. 손바닥이 축축했다. 왠지 모르게 꺼림직한 느낌이 들었다. 하지만 이곳은 전장의 한가운데. 무슨 일이 있어도 흔들리는 모습을 보여줄 수 없다.

"네 놈이 그래봤자, 필멸자에 불과한 것을."

아르고는 손가락으로 강혁준을 가리켰다. 그것이 뜻하는 바는 간단했다. 주변에 대기하고 있던 경호원들, 즉 시크닝 원이 달려들었다.

시크닝 원은 따로 무기를 들지 않는다. 그 이유는 너무나도 간단한데, 시크닝 원의 육체 그 자체가 뛰어난 무기였기 때문이다.

"우웨에에엑…"

먼저 펼쳐지는 것은 토사물이었다. 위액과 온갖 잡균이 섞인 그것은 몸에 닿는 것만으로 위험했다.

'더럽군.'

강혁준은 마력을 일으켰다. 낼페티쉬의 역장은 순식간에

강혁준을 감싸안았다.

푸더더덕…

그것을 몸에 뒤집어 쓰더라도 강혁준의 저항력은 충분히 그것을 이겨낼 수 있다. 허나 그가 굳이 역장으로 토사물을 막아낸 이유는 너무 더러웠기 때문이다.

'토글의 신도는 이게 문제지. 오늘 식사는 다 했구만.'

인지력이 높다보면, 후각이 예민해진다. 그런데 토글의 신도는 대부분 악취덩어리라고 볼 수 있다. 살이 썩어 들어가며, 구토를 예사로 하는 놈들이다.

그런 놈들과 한바탕하면 식욕이 싹 사라지기 마련이다.

토사물이 너무 쉽게 무력화되자, 놈들은 곧 이어 육탄공격을 벌였다. 시크닝 원은 작은 개체라 할지라도 수 톤 단위가 된다. 그저 깔아뭉개는 것만도 훌륭한 공격인 셈이다.

타다닥….

하지만 그들은 상대를 잘못 찾았다. 강혁준에 비하면 시크닝 원은 굼뜬 애벌레에 불과했다. 그는 특유의 민첩성을 이용해 가볍게 피해냈다.

그리고…

스거걱!

단 한번.

베어넘겼을 뿐이다. 하지만 시크닝 원의 거체가 그대로 두 조각이 나버렸다.

푸화아아악.

안에 있던 장기가 순식간에 드러났다. 붉고 검은 그것은 순식간에 대지를 물들이기 시작했다. 마치 거대한 물 풍선이 터지고, 그 안에 있던 내용물이 바닥을 어지르는 것처럼 말이다.

"허어…."

아르고는 혀를 내둘렀다. 시크닝 원은 절대 약한 이들이 아니다. 그런데 저 자는 너무나도 가볍게 무찌르는 것이 아닌가?

푸화아아악!

비명도 없었다.

마치 도미노가 쓰러지는 것처럼. 시크닝 원은 단 한번의 공격을 막지 못했다. 그 참상을 견디지 못한 이는 아르고였다.

"그만! 모두 물러나라."

시크닝 원에게 있어서 그것은 반가운 명령이었다. 2m도 되지 않는 조그만한 인간이었지만, 그들의 눈에는 마치 사신처럼 보였다.

"네 놈은 특별히 내가 상대해주마."

"그렇게 선심 쓰지 않아도 돼. 내가 비록 바쁜 몸이지만, 너희들 같은 쓰레기 처리할 시간은 있어."

둘의 키를 비교하면 아르고 쪽이 적어도 3배는 더 크다.

하지만 왠지 느낌은 강혁준은 아래로 내려다보는 것 같았다.

"이 노오옴!"

선수를 취한 것은 아르고 쪽이었다. 신격을 발휘한 그의 능력은 과연 무시무시했다. 아르고의 입에서 뿜어낸 브레스는 순수한 힘 그 자체였다.

콰콰콰쾅!

일직선으로 대지를 갈아엎는다. 그리고 그 경로에는 강혁준도 있었다. 검은 광선은 그대로 그를 삼키는 듯 했다.

'정통으로 맞으면 좀 아프겠지만, 너무 뻔하잖아.'

그것에 집어삼키기 직전.

강혁준은 다리에 힘을 주었다.

타닥!

가벼운 도움닫기였지만, 그 움직임은 섬광 같았다. 10m를 그렇게 이동한 것이다.

"내 브레스를 피하다니! 비겁하다."

"그럼 그걸 맞아줘야 했던 거야? 여태까지 그걸 맞아준 놈들이 바보 아닌가?"

아고르는 얼굴은 울그락불그락해진다. 강혁준은 목소리는 분명 그를 놀리고 있었기 때문이다.

촤르르륵….

아고르는 자신의 독문병기를 꺼낸다. 그것은 플레일이었는데, 세 개의 둔기가 쇠사슬에 묶여 있었다.

"가루로 만들어주마!"

단번에 내려치는 둔기.

상대적으로 덩치가 큰 탓에 아고르의 리치는 매우 길다.

"이정도야."

옆으로 슬쩍 비켜난다. 그 덕분에 빗나가려는 것처럼 보였다. 하지만 그 순간 아르고는 회심의 미소를 지었다.

'멍청한 놈! 걸려들었구나.'

놀랍게도 플레일은 살아있는 생명체처럼 움직였다. 본래의 궤적에서 벗어나서 강혁준을 향한 것이다.

'아드레날린 러쉬.'

강혁준의 고유특성이 발휘되었다. 시간이 느려지다 못해 거의 멈춘 것처럼 느껴진다. 혁준은 발 빠른 대처 덕분에 가까스로 플레일과 부딪히지 않을 수 있었다.

콰콰콰쾅!

애꿎은 바닥을 헤집는 플레일.

제 아무리 강혁준이라도 그것에 정통으로 맞았다면, 큰 부상을 당했을 터였다.

'뭐, 그래도 재주는 있군.'

사실 그 짧은 시간에 대처하는 강혁준이 더 괴물 같았다.

"어떻게 그걸 피한 것이냐?"

노림수가 빗나가자 아고르는 충격을 받은 듯 했다. 하지만 강혁준은 가운데 손가락을 펼쳐들었다.

"내가 뭐하러 그걸 알려주냐?"

손가락 욕을 먹은 아고르는 침을 삼켰다.

-놈의 배후를 노려라!

아고르는 신격을 획득한 데미갓이다. 그는 마음만 먹으면 시크닝 원들에게 텔레파시를 보낼 수 있었다.

'자존심 상하는 일이지만, 이용할 수 있는 수단은 모두 이용한다.'

아고르는 긴 리치를 이용해서 또 다시 선수를 취했다.

콰콰쾅!

아드레날린 러쉬를 가동한 강혁준이지만 플레일을 피하는 것은 쉽지 않았다.

"걸려들었구나."

플레일을 피하다보니 구석에 몰리고 말았다. 바로 그 때를 노린 것은 기회를 엿보던 시크닝 원이었다.

"구아아아악…."

생사를 도외시한 육탄 공격이었다.

"쯧."

하지만 그것에 두려워할 강혁준이 아니다. 그의 거검이 순식간에 그들을 베어넘기기 시작했다.

'후후후… 드디어 기회가 왔구나.'

아고르는 깊게 숨을 들어마셨다. 그의 특기인 브레스가 다시 가동할 찰나였다.

'이번에는 피하기 어려울 것이다.'

시크닝 원에 에워쌓여있다. 아무리 용 빼는 재주가 있다더라도 브레스를 피하는 것은 불가능해보였다.

'헤에…. 제법 머리를 쓰는데?'

강혁준 역시 브레스를 모으는 아고르를 포착했다. 플레일로 적을 몰아세운 다음에 시크닝 원으로 발을 묶는다. 그리고 막강한 파괴력을 가진 브레스로 마무리한다.

설사 브레스에 시크닝 원이 휘말려들더라도 꼭 끝장을 내겠다는 아고르의 노림수였다.

'일단 걸리적거리는 것부터 처리할까?'

프르가라흐가 이리저리 휘둘러진다. 시크닝 원이 순식간에 쓰러졌다.

'죽어라!'

아고르는 마음속으로 외쳤다. 이미 브레스는 완성되었기 때문이다.

'과연 그럴까?'

강혁준도 마력을 끌어모았다. 손 안에 과도한 에너지기 응축되기 시작한다.

'충전율은 별로지만, 일단 아쉬운 대로.'

'아나즈마 블라스터'는 충전 시간이 길수록 막강한 위력을 보여주지만, 상황이 상황인만큼 어쩔 수 없다.

쏘아져오는 검을 브레스를 블라스터로 맞받아친다. 힘을 힘으로 받아치는 형식이었지만, 매우 효과적인 방식이기도 했다.

파바바바바….

블라스터와 브레스는 허공에 마주쳤다. 그것의 위력은 엇비슷했다. 마치 힘 겨루기하는 것처럼, 투사체는 중간에 머물고 있었다.

'그걸 맞받아치다니!'

입을 벌리고 있어서 말을 못할 뿐, 아고르는 비명을 지르고 싶었다. 반면에 강혁준은 더욱 힘을 끌어내기로 마음 먹었다.

"흐으으읍…."

잠들어있던 마력을 더 끌어모은다.

그 덕분일까? 순백의 에너지 집합체가 더욱 커졌다.

'아… 안 돼.'

균형을 지키고 있던 그것이 한쪽으로 기울기 시작했다. 검은 브레스가 뒤로 밀리기 시작한 것이다.

"하아아압."

강혁준은 유리한 상황을 놓치지 않았다. 더욱 힘을 내서 브레스를 밀어냈다. 블라스터는 점점 가속도를 내더니 순식간에 브레스를 집어삼켰다.

"으아아아아…."
강력한 빛의 노도!
그것을 마주한 아고르는 눈을 질끈 감았다.

Part 123 : 힘의 대결 (2)

"으음…."

고통은 없었다. 아르고는 뒤늦게 눈을 떴다. 그리고 일이 어떻게 된 것인지 깨달았다.

"아들아…."

위급한 순간에 아르고를 구한 것은 그의 아들이었다.

"으으윽…."

첫째 아들의 입에서 신음이 흘러나왔다. 그는 타이밍 좋게 강혁준의 공격을 튕겨내는 것에 성공했지만 부상을 피할 수는 없었다.

'아쉽군.'

아르고를 끝장낼 수 있는 기회였다. 하지만 아직 그가 죽을 운명은 아니었던 모양이다.

'상관 없어. 내가 가서 끝장 내주면 될 일이지.'

강혁준은 가볍게 몸을 풀었다. 그리고 그에게 다가가려는데.

"아버지 먼저 피하십시오. 여기는 제가 맡겠습니다."

"그게 무슨 말이냐?"

"막내가 당했습니다."

"뭣이라?"

예상치 못한 급보에 아고라는 아연실색했다.

"날개를 가진 여인에 의해서. 단번에 죽임을 당했습니다."

선봉에 나선 데미갓을 바로 미스트라가 죽여버린 것이다. 혼전 중에 몰래 다가간 미스트라는 단번에 그 영혼을 빼앗아버렸다.

"여기는 저에게 맡기시고, 얼른 피하십시오."

"그건 안 될 일이다."

아르고는 입술을 아프게 씹었다. 여태까지 연전연승하던 군대다. 이제 와서 이렇게 볼품 없이 도망가고 싶지 않았다.

"누가 내 앞에서 잡담 하라든?"

이대로 꿔다 둔 보릿자루가 될 순 없다. 강혁준은 거검을 들고 공격에 나섰다.

"헉…."

둘은 힘을 합쳐서 그것을 막아낼 수 있었다.

'위험하다.'

분명 싸움 구도는 2:1이다. 하지만 강혁준은 그 두명을 압도하는 무언가가 있었다.

'나와 싸울 때에는 전력을 다하지 않았구나.'

아르고는 그 점이 두려웠다. 분명 최선을 다했건만, 그럼에도 턱 없이 부족했다.

"아버지. 부디 후퇴를. 아버지까지 잃는다면, 우리 군은 분명 속절없이 무너질 겁니다."

"크으윽…."

아들의 눈빛은 단호했다.

"미안하다."

아르고는 결국 자리를 뜬다. 이대로 있다가는 강혁준에 의해서 죽임을 당할 것이 뻔했기 때문이다.

"누가 보내준데?"

다 잡은 물고기를 놓아줄 수는 없는 법.

강혁준은 거세게 몰아붙였다.

"하! 네 상대는 나다."

데미갓은 몸을 던져서 혁준의 앞을 막아섰다.

콰드드득!

무기와 무기가 맞붙는다. 신체 스펙이 뛰어난 것은 데미갓이었지만, 기술이 뛰어난 쪽은 강혁준이었다. 그는 거검을 교묘하게 빗겨세운다.

마치 뱀이 나뭇가지를 타고오르듯이. 그것은 집요하게 빈틈을 파고들어 데미갓의 몸에 상처를 입혔다.

"크으윽…."

피가 튀어오른다.

덧붙여 악을 정죄하는 푸른 화염이 그의 몸을 갉아먹는다. 신격을 가진 데미갓이 아니라면, 단번에 목숨을 앗아갔을 상처다.

"아들아!"

"어서요! 더 이상 버티기 힘듭니다."

고민은 그리 길지 않았다. 아르고는 피눈물까지 흘리면서 그 자리에서 떠난다.

"아주 눈물 나는 가족애로구만."

도망가는 아르고를 보면서 강혁준은 입맛을 다셨다. 그가 아무리 강해도 앞에서 막아서는 데미갓을 무시하고 아르고를 잡을 순 없다.

"괴물 같은 놈…."

데미갓은 이를 갈았다. 그는 오늘이 되어서야 깨닫았다. 여태까지 토글의 군단이 연전연승한 것은 적들이 의도한 것이었음을.

흘러가는 상황만 본다면, 오히려 강혁준이 악당으로 보일 지경이다.

"대체 무슨 수를 쓴거지? 어째서 슬라쉬의 원군이 오지 않는 것이냐?"

데미갓은 답답한 음성으로 물었다. 애머른의 군단을 상대할 때는 서로 합공하기로 굳게 약속했다. 그런데 슬라쉬는 완벽하게 약속을 어기고 말았다. 이번 사태가 이해가 되지 않았던 데미갓은 결국 적의 수장인 강혁준에게 질문하고 말았다.

"굳이 설명하고 싶지 않아. 내겐 그럴 의무가 없거든."

"……."

"그냥 자업자득이라고 생각해라. 덫을 판 것은 우리지만, 그 안으로 머리를 들이민 것은 네 놈들이니까."

혁준은 더이상 설명하지 않았다. 그도 나름대로는 위험을 감수하고 싸우러 온 것이지, 한가하게 잡담이나 하러 온 것은 아니었다.

"순순히 죽어줄 것 같으냐?"

데미갓을 이를 드러내며 힘을 개방했다. 막강한 신력이 그의 몸을 타고 흐른다.

'조금 강해졌나?'

강혁준은 상대를 가늠했다. 하지만 이내 고개를 젓는다.

'뭐… 그래봤자지만.'

"우와아아아악."

거친 고함을 터뜨리면서 데미갓이 달려든다.

허나.

강혁준은 가볍게 그를 치고 지나간다.

푸확…

이미 검은 그의 뱃살을 가르고 난 후였다.

"어떻게?"

이해가 되지 않았다. 만약 싸움이 끝나면, 신격을 모조리 잃어버릴 각오를 했다. 무공으로 따지면 잠력을 폭발시킨 것이나 다름없다.

그렇게 강화된 육체를 손에 넣었건만, 강혁준은 너무 쉽게 자신을 압도한 것이다.

"몸이 빠르다고, 혹은 힘이 쎄진다고. 싸움에 이길 것 같나?"

강혁준은 한심한 표정으로 말한다.

신체 스펙으로 따지면, 사실 데미갓과 강혁준은 서로 엇비슷했다. 하지만 강혁준은 생사를 오가면서 쌓아온 경험이 있었다.

"아…"

"그냥 죽어라."

상혁순은 다시 검을 들었다. 그리고 성큼성큼 그에게 다가왔다. 여태까지 실력으로 굴복했다면, 이제는 기세까지 압도당했다.

스거걱…

팔이 잘려나간다. 분명 큰 부상이지만, 데미갓은 죽지 않았다.

'더럽게 튼튼하네.'

만약에 데미갓 가족 넷이서 덤볐다면, 이렇게 쉽게 이기지는 못했을 것이다. 여태까지 일부러 승리를 헌납해준 덕분에, 아르고를 비롯한 아들 삼형제에게 자만이라는 독을 심어준 것이다.

그리고 그 자만은 이렇게 각개격파 당하는 우를 범하게 만들었다.

"나는…."

마지막 순간, 데미갓은 뭐라고 말을 이으려고 했다. 하지만 강혁준은 마지막 대사를 들어주는 취미따위는 없었다.

푸화하악!

검이 휘둘러지고, 커다란 머리가 두둥실 떠오른다.

털석!

머리를 잃은 데미갓은 더 이상 신체를 유지하지 못했다. 결국 또 하나의 데미갓이 강혁준의 손에 의해서 유명을 달리하고 말았다.

"……."

"……."

기묘한 침묵이 전장을 감싼다. 무적이라고 생각했던 데

미갓이 격파 당했다. 그저 지휘부가 무너진 것이 아니다.

해일이나 지진처럼 도저히 막을 수 없는 자연재해를 맞이한 기분이었다.

"도… 도망쳐."

"으아아아…."

그저 강혁준과 눈을 마주친 것만으로 신도들은 자지러진다.

'좀 더 쐐기를 박아볼까?'

강혁준은 느긋한 마음으로 전장을 돌아다녔다. 그가 노리는 타깃은 시크닝 원. 눈에 보이는 족족 쳐 죽이기 시작했다.

'서른 둘, 서른 셋….'

마치 환경 미화원이 떨어진 쓰레기를 치우듯이. 강혁준은 묵묵히 자기 일을 해내어갔다.

"후퇴해라. 후퇴!"

지휘부는 거의 전멸 한 것이나 매한가지다. 게다가 막강한 능력자인 강혁준과 미스트라의 참전은 나머지 병졸들에게 악몽이나 다름없었다.

무자비하게 박살나서 흩어지는 토글의 병력들.

"후우… 이거 이겼군요."

잠시 휴식을 취하는 강혁준 옆으로, 모슬헨이 다가온다. 원래는 첩보단체의 수장으로서 어두운 곳에서 일을 꾸미지만, 오늘은 특별히 전장에서 실력을 발휘하고 있었다.

모슬헨의 손에 의해 박살난 병졸과 시크닝 원의 숫자도 제법 되었다.

"뭐. 이미 결정된 일이었지."

강혁준은 감흥 없이 말했다. 요근래 얻은 승리 중에 제일 큰 것이었지만, 그는 아직 만족하지 못했다.

전쟁에서 제일 많은 사상자가 발생하는 시점은 패퇴하는 군대를 추격할 때다.

"어떻게 할까요?"

모슬헨이 슬쩍 묻는다. 그의 말 한마디에 애머른의 군단은 적의 숨통을 끝까지 조여줄 것이다.

"아니. 지금은 아니다. 더 이상 추격은 금한다."

강혁준은 추격을 금지시켰다. 승기를 잡았지만, 너무 몰아세우는 것은 오히려 현명하지 못 하다. 무엇보다 아직 슬라쉬의 군대가 건재하다.

"너무 크게 이겨버리면, 오히려 좋지 않아."

언뜻 들으면 이해가 가지 않는 말이다. 하지만 모슬헨은 전적으로 동의하는 표정을 지었다.

"알겠습니다. 분부대로 하겠습니다."

강혁준의 명령에 의해서 더 이상의 추격전은 없었다. 그 덕분에 아르고를 비롯한 그의 부하들은 한숨을 돌릴 수 있었다.

"사… 살았다."

"이곳에서 뼈를 묻는 줄 알았어."

일반 신도들은 바닥에 쓰러져서 숨을 헐떡였다. 만약 추격이 계속 되었다면, 그들은 단번에 와해 되었을 것이다.

"아들아…."

데미갓 아르고는 차마 말을 잇지 못했다. 그는 방금의 전투로 두 아들을 잃어버리고 말았다. 이제 그의 곁에 남은 것은 둘째 아들뿐이었다.

"어째서… 어째서 슬라쉬는 방관을 하고 있었지?"

너무나도 화가 난 아르고는 주먹으로 바닥을 내리쳤다.

쾅!

땅이 울릴 정도로 그 위력은 강했다. 하지만 그의 울분은 사그라들지 않았다. 슬라쉬가 적절할 때, 도와주러 왔다면 오늘의 패배는 절대 그의 몫이 아니었다.

오히려 양방향에서 적을 포위할 수 있는 기회였다. 하지만 그 기회는 놓쳐버렸고 그는 두아들을 잃었다.

"멍청한 슬라쉬 놈들!"

자식을 잃어버린 원한과 분노가 방향을 바꾸어 슬라쉬에게 향할 지경이다. 그것을 둘째 아들이 말리고 나섰다.

"아버지, 고정하세요. 분명 화가 나는 일이지만. 그들과 동맹을 끊는 것은 참아야 합니다."

애머른이 가지는 힘은 생각보다 강했다. 그저 화가 난다는 이유만으로 동맹을 끊는다면, 적을 이롭게 할 뿐이다.

"으드득…."

아르고는 이를 악물었다. 그리고는 이 자리에서 맹세했다.

"지금은 참으마. 하지만… 무슨 일이 있어도 놈들에게 오늘의 책임을 묻고 말 것이다!"

⚜

"이것으로 한숨 돌렸군."

야릭은 조촐한 잔치를 베풀며 말했다. 아직 전쟁이 끝나지 않았기에, 술까지는 마련하지 못했다. 하지만 병사의 노고를 치하하기 위해서 맛있는 고기가 마련되었다. 일부러 사재까지 털어서 장만한 것이기에. 많은 병사들이 기뻐했다.

병졸은 대부분 전쟁을 반기지 않는다. 전장은 언제 목숨이 날아가도 이상하지 않은 곳이다. 그리고 당연하게도 병졸들은 승자 측에 서고 싶어 했다.

그나마 목숨을 부지할 확률을 늘여주기에.

"영락 없이 죽었다고 생각했건만."

"그러게 말이야."

"이 모든 것이 다 집정관님 덕분이야. 그 분이 아니셨다면, 아마 그 전장이 우리 묏자리였을거야."

그들도 알고 있었다.

강혁준이 적의 지휘부를 붕괴시키지 않았다면, 어려운 싸움이 되었을 것이라는 것을.

"다들 기뻐하는군요."

루카가 말을 꺼내었다.

전투가 끝나고, 루카와 강혁준은 숙소에서 쉬고 있었다.

"이기는 것은 당연했어."

강혁준은 그렇게 단언했다. 약간의 침묵이 오가고, 그녀가 말을 꺼내었다.

"미안해요."

"응?"

그녀의 사과에 혁준은 반문을 한다.

"기억 하시면서, 일부러 그러는 건가요?"

루카는 뾰루퉁한 표정으로 말한다. 그제서야 강혁준은 어깨를 으쓱이면서 말했다.

"그 일은 이미 잊었어. 신경 쓰지 마."

Part 124 : 보급선

강혁준은 일부러 그녀에게 몸을 기댄다. 자연스럽게 그녀의 다리를 베게 삼아서 자리에 누운 것이다.

"나를 속좁은 남자로 만들진 마. 당신 입장도 충분히 이해하니까."

청야전술을 펼친 날.

그 전략에 대해서 반대한 이가 있었다. 그 중에 하나가 바로 루카였다.

청야전술 때문에 희생되는 민간인에 대한 걱정 때문이었다. 하지만 강혁준은 단호한 입장을 고수했다. 결국 청야전술은 그대로 실행되었고, 그 둘 사이에 잠깐 냉랭했던 적이 있었다.

"이왕이면, 아무런 희생 없이 목적을 달성하고 싶어. 하지만 그건 꿈에서나 가능한 일이야. 현실은 냉혹하거든."

강혁준은 손을 들어 그녀의 머리카락을 만지면서 말했다.

"알고 있어요. 알고 있지만…."

그녀는 서글픈 표정을 지었다.

"저는 이상주의자인가봐요. 당신 말대로 현실은 냉혹한데."

그녀의 시무룩한 모습에 강혁준은 고개를 저었다.

"하지만 난 그런 당신이 좋아. 그리고 나 역시 이상주의자였고."

강혁준도 한 때는 처참한 실패를 맛보지 않았던가? 회귀 전, 그는 많은 이상을 안고 도전했지만 무참히 실패했었다.

"그렇게 봐주니 고마워요."

루카의 가는 손가락이 혁준의 뺨을 거들였다. 쿡쿡 찌르는 것이 묘한 기분을 들게 만들었다.

"헌데 궁금한 점이 있어요."

"어떤 점 말이야?"

그녀는 고개를 갸우뚱거린다.

"어째서 슬라쉬는 도와주러오지 않았을까요? 마음만 먹었다면, 우리의 뒤를 얼마든지 칠 수 있었을 텐데."

"아… 그건 이유가 있어."

강혁준은 차근차근 설명하기 시작했다.

"따지고 보면 우리가 전력을 다하더라도 두 세력을 동시에 상대하는 것은 불가능에 가까워. 결국 고사하는 것은 우리가 되겠지."

루카는 고개를 끄덕인다. 거기에는 별 이견이 없었다.

"확실한 것은 두 세력을 이간질 시켜야 하는데, 일반적인 방법으로 턱도 없지."

강혁준은 그 점에 대해서 고심했다. 그리고 나온 결과가 청야 전술이었다.

"땅을 내어준 것 자체가 그 방법을 위해서였지."

"흠. 좀 더 알아듣기 쉽게 말해줘요."

"알았어. 그 전에 두 세력에 대한 이해가 필요해."

첫 번째로 토글은 몸에 역병을 품고 있었다. 같은 신도들이야 문제가 없지만, 외부세력에게는 이게 큰 문제가 된다.

쉽게 말해서 두 세력은 애초에 합칠 수가 없었다. 병균에게 눈이 달려있어서 동맹군을 피해가는 것이 아니기 때문이다.

그렇기에 두 세력은 철저히 따로 운용되었다. 그 덕분에 강혁준은 그 빈틈을 파고들 수 있는 기본 조건이 충족되었다.

그리고 토글의 신도는 그 구성원을 살펴보면 종족의 구분이 없다. 역병을 몸에 품고만 있다면 누구든 신도가 될 수 있었다. 다만 그 고통스러운 역병을 얻으면서까지 개종을 하려는 이가 드물 뿐이다.

반면에 타라쓰는 오로지 슬라쉬만 거느린다. 다른 종족은 받아들이는 것 자체를 거부하는 것이다. 두 세력의 차이점은 바로 그것에서 나왔다.

"나는 일부러 시민의 물자를 징발하고 태워버렸지. 쉽게 말해서 나는 적들에게 선택을 강요한 거야."

결과는 단번에 나왔다.

우르고는 식량을 미끼로 개종을 강요했다. 덕분에 그 수는 급속히 늘어났다. 반대로 슬라쉬는 주민들이 굶어죽든 말든 신경도 쓰지 않았다. 아까운 식량을 베풀기는 싫었던 것이다.

"만약에 이대로 전쟁이 끝난다면? 상대적으로 토글은 힘이 훨씬 강해지지. 많은 수의 신도를 획득했으니까."

악신은 서로를 동료라고 생각하지 않는다. 어비스를 양분하지만, 언제든지 서로를 물어뜯을 수 있다고 여기고 있다.

"애초에 허겁지겁 맺은 동맹이야. 그 결속이 결코 단단할 리가 없지."

그 결과는 이렇게 나왔다.

토글을 견제할 필요가 있던 슬라쉬는 결국 전쟁에 참여하지 않았다. 슬라쉬가 노린 것은 애머른과 토글이 서로 양패구상하는 것이었다.

"그건 정말 어리석군요. 결국 상대를 견제하느라 적을 이롭게 하고 말았잖아요?"

"맞는 말이야. 하지만 그것을 해내기 위해서 적잖은 고생이 있었지."

강혁준의 말대로 쉬운 일은 아니었다.

"바캄의 눈이 많은 수고를 해주었다."

바캄의 눈은 애머른의 첩보 단체다. 전장에 직접적인 역할은 없지만, 전쟁에 승리할 수 있는 발판을 제공했다.

"애머른에는 많은 인종이 살아가지. 그리고 개중에는 슬라쉬도 있고."

"물론 제 동족도 있어요."

그녀가 고개를 끄덕인다. 하지만 그 수가 그리 많지는 않았다.

"모슬헨이 수고해준 덕분에, 슬라쉬 내부에 첩자를 심어두는 것이 가능했어. 그의 현혹 기술은 정말이지 놀랍더군."

첩자들은 곧이어 거짓정보를 생산하기 시작했다. 그것은 꽤나 효과적이었고, 결국 큰 오류를 범하게 만들었다.

"덕분에 우리는 전쟁이 일어나기 전부터, 슬라쉬의 참전이 없을 거란 것을 알았지. 배후에 아무런 위협이 없다면 토글과 전력전을 펼칠 수 있는 셈이고."

"대단하군요."

그녀는 진심으로 탄복했다.

강혁준의 심계 덕분에 두 세력은 서로를 믿지 못하게 되었다. 이것은 애머렌에게 있어서 매우 큰 이득이었다.

"그 정도야. 누구라도 떠올릴 수 있는 부분이지. 다만 내 지시를 잘 따라준 부하들이 있었기에 가능했어."

첩자들이 피나는 노력으로 거짓정보를 심어주지 않았다면, 두 세력에 의해 협공을 받았을 것이다. 게다가 역병의 위험을 무릅쓰고 적과 싸운 것은 수많은 병졸들이다.

애초에 그들의 노력과 희생이 있었기에 오늘의 승리가 뒷받침 된 것이었다.

"다만 걱정되는 것은 이후의 일이에요. 아직 슬라쉬의 세력은 건재하니까요."

이번의 승리로 인해서 한고비는 넘어섰다. 하지만 여전히 슬라쉬의 마법 병단은 큰 위협이다.

"후훗…."

허나 강혁준은 오히려 웃음을 터뜨린다.

"뭐가 그리 즐거운가요?"

"내가 살던 곳에서는 이런 말이 있거든. 전쟁의 아마추어는 전략을 말하고, 전쟁의 프로는 병참을 말한다. 이제 곧 재미있는 일이 일어 날거야. 지켜봐도 좋아."

강혁준의 미소는 특히 사악해보였다.

✥

전방은 늘 위험하다.

크든 작든 전투는 일어나고, 그런 곳은 목숨이 열 개라도 모자라기 때문이다.

그래서 많은 이들은 후방으로 빠지길 원했다. 신을 아무리 열렬히 따른다 할지라도 자기 목숨은 소중한 것이다.

이왕이면 안전한 곳에서 근무하고 싶은 것이 사람의 마음인 것이다.

토글의 신도인, 오레드 역시 그런 생각을 가지고 있었다. 그렇기에 그는 후방으로 빠지기 위해 많은 노력을 기울였다. 전장에서 공을 세우지는 못 하겠지만, 불만은 전혀 없었다.

그가 하는 일은 바로 물자 배송이었다. 아무리 신의 가호를 받는다 할지라도, 배를 곯으면서 싸울 순 없다.

오레드의 보직은 바로 병참을 이송하는 일이었다. 강혁준이 벌인 청야 전술 덕분에 현지에서 식량을 조달하는 것은 불가능에 가까웠다.

결국 어쩔 수 없이 대규모 수송 부대를 운용해야 했다.

긁적긁적….

오레드는 자신의 몸을 계속 긁었다. 참을 수 없는 가려움 때문이었다. 곧 이어 환부에 피가 철철 나지만, 그는 그것을 멈출 수가 없었다.

"크으으… 시원하다."

재생력 덕분에 피는 금세 멎는다.

"쩝. 지긋지긋한 피부병만 아니면. 참 좋겠는데…."

"킁. 자네가 뭘 몰라서 그러는구만. 나는 매일매일 피변을 싼다고. 그 아찔한 고통을 네가 몰라서 그래."

동료가 옆에서 타박을 준다. 곧 이어 둘은 누가 더 고통스러운 역병을 몸에 지녔는지, 다투기 시작했다.

"병신들. 잘 한다."

바로 그 때.

후송대를 책임지는 시크닝 원, 더스트가 한심한 표정을 짓고 나타났다. 서로 말싸움이 심화되다보니, 상관이 다가오는 것도 눈치채지 못한 것이다.

"죄… 죄송합니다!"

오레드와 그의 동료는 금세 고개를 숙였다. 한가하게 노가리나 까는 장면을 들킨 것이다.

"너희들이 운송하는 물품이 얼마나 중요한 줄 알고 있느냐? 만약에 이번 호송을 실패한다면, 많은 수의 형제자매들이 배를 곯는다. 그것을 명심하도록!"

더스트의 충고에 오레드는 고개를 주억거린다.

"명심하도록 하겠습니다."

말은 그렇게 했지만, 내심은 달랐다.

'대게 깐깐하게 구는구만. 내가 이일을 벌써 스무 번도 넘게 했지만, 단 한 번도 적이 나타난 적은 없었다고.'

한 차례 설교가 끝나고 더스트는 자리를 떠났다. 오레드는 하품을 하면서 지겨운 호송 임무를 수행했다.

그런데….

"젠장…."

좁은 협곡을 지나는 와중이었다. 그런데 통로 중간이 거대한 돌로 막혀져 있었다.

"산사태가 있었나 봅니다."

현장을 살펴본 병사가 그렇게 말했다. 더스트는 고심을 하다가 말했다.

"이대로 돌아가기에는 갈길이 멀다. 힘들겠지만, 바위를 치우도록 한다."

더스트의 명령은 절대적인 것이다. 오레드는 마음속으로 짜증이 확 솟구쳤지만, 내색하지 않았다.

'젠장, 예정에 없던 중노동이구만.'

쫄병에 불과한 그는 이내 커다란 돌을 나르기 시작했다.

"이건 꼼짝도 하지 않네."

제일 커다란 바위를 제외하고 모두 치웠다.

"힘 좀 쓰는 놈들은 모두 이리로 와라."

조금만 이동시키면 마차가 빠져나갈 수 있을 것 같았다.

오레드를 비롯한 병졸들이 바위를 밀기 시작했다.

두두두두….

뭔가 이상한 느낌이 들었다. 뭔가 발밑 아래에서 이상한 진동이 감지된 것이다.

"이… 이 봐. 방금 땅 밑에서 뭔가 지나간 것 같은데?"

"무슨 개소리야? 힘드니까 말 시키지 마라."

하지만 동료는 그의 말에 귀기울이지 않았다. 오히려 인상을 찌푸리면서 타박을 준다.

"아니야. 분명 진동을 느꼈다고!"

"알았으니까. 일단 이거부터 옮기자고."

답답하지만, 어쩔 수 없었다. 오레드는 다시 힘을 주어 바위를 밀려고 했다.

그런데 바로 그 순간.

쿠드드득….

땅이 꺼지는 것과 동시에 병사 하나가 쏙 사라졌다.

"어?"

그 장면은 오레드만 본 것이 아니었다. 나머지도 확실히 목격한 장면이었다.

쿠드드드득!

뭔가 반응을 하기도 전에 연달아서 땅이 꺼진다. 그에 더해 병졸들은 훅하고 사라진다.

"적… 적습이다!"

뒤늦게야 위급한 상황을 알아차렸다. 다만 그것은 뒤늦은 감이 있었다.

"어… 어?"

위급한 상황이건만, 마땅히 대처방안이 없었다. 뒷걸음 치던 병사는 정체를 알 수 없는 적에 의해서 땅 밑으로 끌려갈 뿐이다.

"일단 이곳을 빠져나간다."

더스트가 명령을 내렸다. 지금 후송대는 적의 아가리에 들어온 것이나 다름없다. 일단 여기를 벗어나는 것이 중요하다.

문제가 있다면 마차의 진행방향이다. 좁은 길 때문에 마차를 되돌리는 것은 쉬운 일이 아니었다.

쿠드드드…

도망치려는 그들 앞에 드디어 습격자의 모습이 드러났다.

단단한 키틴질 껍질, 날카로운 앞발은 땅을 파기에 적합하다. 그리고 오레드는 그 습격자에 대해서 잘 알고 있었다.

"이… 인섹트?!"

〈6권에서 계속〉